新潮文庫

守り刀のうた

結城光流著

新潮社版

11966

目次

このよのはてのみちひらき
あらわれいでるちみもうりょう
いかにおそいきたるとも
まもりがたなのいちもんじ
みなことごとくたちはらう

守り刀のうた
MAMORI
GATANA
NO
UTA

守り刀の一文字

一章

真都刀京《しんととうきょう》。

国の都たるこの地には、帝《みかど》が坐《いま》し、人々が暮らし、化け物が棲《す》む。

◇ ◇ ◇

ひどい耳鳴りがして、世界がぐにゃりと歪《ゆが》んだ。

立っていられずに膝《ひざ》をつき、そのままくずおれる。瞬《またた》く間《ま》に体が冷たくなっていく。

息が苦しい。一呼吸ごとに気が遠くなる。無数の羽虫が飛び交っているような不快な音とともに、形のないものが全身にのしかかってくる。

まとわりついてくる灰色の靄《もや》の向こうで、重い扉が突然開いた。

遠のく意識を無理やり引き戻して目を開けると、夜闇《やあん》に舞う白い欠片《かけら》がいやにくっきりと鮮やかに見えた。

どんなに闇《やみ》に慣れた目でも、夜半を過ぎた時分にここまではっきりとものが見えるわけがない。だから、目ではないところで視《み》ているのだと、考えるより先に理解した。

どこからか転がってきた白い毬《まり》が弾んで、大きな桜の向こうに消えるのが見えた。

そして、ふらふらと毬を追っていく、小さな子供の後ろ姿。

見えるはずのない情景が、鮮明に視えている。

思わず息を呑《の》み、叫んだ。

「……だめだ…」

叫んだつもりだった。が、力の入らない喉《のど》から発されたのは喘鳴《ぜんめい》のようなかすれ声。

行ってはいけない。その先は、この世ではない。

せめてとのばした手は、しかし届くはずもなく。

「行くな…」

吹き込んでくる冷たい風が、子供の声を運んでくる。

歌だ。子供が歌っている。

さだめてえとをひとめぐり
いやひさかたのはるがすみ
みかづきゆみはりじゅうさんや
おににのまるるもちのつき
あがぬしさまのおぼしめし
うつしきものよいざたまえ

歌が終わる。

桜の向こうに転がった毬と同じように、子供は闇に呑まれた。

花が散る。まだ咲き初《そ》めで、散るはずのない花が、散っている。

この光景を知っている。十二年前に見た。

あの時と同じ。この世ではないところにつながる暗闇。この世ではないところに招く歌。

ああ、まただ。これで、消えた子供は三人目。

「……また……」

悔しさで震える呟《つぶや》きが唇からこぼれた。この身に流れる血が激しくざわめく。
子供の背に懸命にのばした手を嘲笑《あざわら》うように、扉が音を立てて閉まった。
寒い。指一本動かすことができない。
せめてあれが、いまこの手にあれば。いいや、たとえあったとしても。
それでも。
「……い…ち……もん……じ……」
振り絞ったうめきは誰に届くこともなく、暗闇に呑まれて消え失せる。
闇の中に無数の影が躍っているのを感じる。
歌がこだまする。乾いた声。野太い声。甲高い声。地を這《は》うような声。

あがぬしさまのおぼしめし
うつしきものよいざたまえ

たくさんの、たくさんの声が歌いながら、たくさんの何かがけたけたと嗤《わら》っている。
意識が途切れる間際《まぎわ》に思った。
絶望とは、こんな声で嗤うのだ、と——。

◇　◇　◇

路面電車が走り去っていく音を背中で聞きながら、うたはトランクのハンドルを両手で持ち上げた。必要最低限の荷物を入れたトランクは古い革製で、兄からのおさがりだ。

小柄な細身にまとった木綿の着物は春らしい明るい菜の花色で、カルタ結びの帯は朽葉色《くちばいろ》。結った髪に挿した一本かんざしは細かい意匠の刻まれた銀古美《ぎんふるび》。足元は踵《かかと》の低い、ハイカラな黒の編み上げ長靴《ブーツ》。

あちこちを興味深そうに眺める大きな目は澄んで、強い光をたたえている。

真都を縦横無尽に走る路面電車の停留所は、都民から電停と呼ばれていると聞いた。なるほど、電車の停まる場所だから電停か。

うたの乗った汽車が刀京中央駅に到着したのは昼を少し過ぎた頃だった。そこから路面電車でここの電停までは一時間と少し。

郷里を出たのが昨日の午後だから、ほぼ一日かかったことになる。

「刀京、遠い……」

思わずこぼした呟きに疲労がにじんでいるのが自分でも感じられる。刀京は遠いと聞いてはいたが、これほどに遠いとは。

うたはこれまで、生まれ育った郷里を出たことがない。国の大動脈と謳《うた》われる七支線《ななさや》の汽車に乗ったのも、一晩中汽車に揺られたのも、刀京の地を踏んだのも、今日が初めてだ。

本当は、年の離れた兄が一緒のはずだった。兄がいるから大丈夫、不安なことなどひとつもない。そう思っていたのだが。

「………」

こんなに遠いと、ほんの少し、心細くなる。

「……うた、顔をあげろ」

はっと視線を向ければ、足元にちょこんと座った白犬が、深く澄んだ目でうたをじっと見つめている。

三角の耳をぴんと立てた小柄な白犬は、郷里から一緒に出てきたうたの大事な相棒だ。動物を連れて汽車に乗ることは、珍しいが禁止されてはいない。ほかの乗客たちが興味深げに視線を向けてきたが、シロはひと鳴きもしないでうたの足元にずっと伏せていたので、やがて誰も気にしなくなった。

「俺が一緒なんだから、心配するな」

シロの言葉は、うたやある一部の者以外には、わんわんと吠《ほ》えているようにしか聞こえない。

「シロ…そうね、うん」

頷《うなず》いたうたは、深呼吸をすると、トランクのハンドルを握り直した。

電停を出てすぐの道沿いを流れる度会《わたらい》川に石橋がかかっている。親柱に「花見橋」と記された石橋は、比較的新しいようだった。川の両岸ともどこまでもつづく桜並木で、川向こうの道沿いに点々と茶店があるのが見える。きっと、桜が満開の季節には花見客がたくさん訪れるのだろう。

「ええと、ここから……」

着物の合わせ目に手を入れようとしたうたに、シロが前足で向こう岸をさした。

「あっちだ」

「ほんとに？」

「ほんと」

「一応確かめる」

合わせ目から出した地図を開くうたにシロの声が飛ぶ。

「地図、逆さま」

「……、いくわよ、シロ」

地図を着物の合わせ目に押し込んで歩き出すうたに並んだシロはため息をつく。

ふたりのほかにこの電停で電車を降りた客はいなかった。川にかかった花見橋を渡るのはうたとシロだけだ。

歩きながらシロがため息をつく。

「うた、俺はお前が心配だよ」

「大丈夫よ。シロもいるし。シロがいるんだから。シロがいれば」

「つまり俺がいなきゃ駄目じゃん」

「シロがいるから大丈夫ってこと」

言い合いながら橋を渡りきる直前、ひんやり冷たい風が吹いて頬を撫《な》でた。

うたは視線をめぐらせた。咲き初めの桜が震えるように揺れている。

ふいに辺りが煙り、どこからか歌声がした。

足を止めて見れば、桜の下で子供がふたり、毬をつきながら歌っていた。

さだめてえとをひとめぐり
いやひさかたのはるがすみ
みかづきゆみはりじゅうさんや
おにのまるるもちのつき

あがぬしさまのおぼしめし
うつしきものよいざたまえ……

咲き初めの桜の下で、毬をつきながら繰り返し繰り返し、楽しそうに、面白そうに、着古した絣《かすり》の着物をまとった子供たちが歌う。

なんとなく、うたは違和感を覚えた。桜の下で毬つきをする子供たちの姿が、妙にかすんで見えたのだ。

子供たちが歌えば歌うほど、霞《かすみ》が色濃くなり、風にのって広がっていくかのようだ。

「……なんだか、怖い歌」

大きなトランクを道におろして、うたはそっと呟いた。

風で流れてきた霞が、うたの前にわだかまり、静かに散って消える。

うたは眉《まゆ》をひそめた。これはただの霞ではない。化生《けしょう》のものが放つ妖気《ようき》だ。

「妖気……。真都くらい人が多いと化生のものも集まるだろうが……」

怪訝《けげん》そうな声に視線を落とすと、シロが三角の立ち耳をぴくぴくと動かしている。

刀京が都に定められてからおよそ五十年。帝に従った貴族たちは、財産とともにあまたの家来とその一族郎党を刀京に連れてきた。やがて国中から出稼ぎの者も集まるようになり、結果、刀京の人口はこの十年で倍近くまで増えたという。

人がいれば善であれ悪であれ様々な思惑が渦を巻く。短期間で増えればその動きはより激しくなる。

それらの念はときに妖異や精魅《せいみ》、化け物といった人外のものを引き寄せる。

しかし。

「これはちょっと、集まりすぎだろう」

シロの言葉にうたはこくりと頷く。

うたとシロの目には、あちこちに生じた仄冥《ほのぐら》い蚊柱のようなものが視えていた。

妖気が凝り固まって虫のような何かに変化し、それが集まって渦巻きながらうねっているのだ。

何ごともなければ渦巻いているだけだからさほど害はないが、生きもののようにうねる様はあまり気分の良いものではない。

妖気を見つめていたうたは、ふと気がついた。

「……ねぇ、シロ」

「ん？」

「禍柱《かばしら》って、あるじゃない？」

「うん」

大抵の妖気の渦は放っておけばじきに散っていくものだが、そうならないものもある。

周りの妖気を取り込んで大きく育っていくのだ。そうやって育ったものを、禍《わざわい》を招く柱、禍柱と呼ぶ。

「あっちに、ひときわ大きな妖気の渦が見える気がするんだけど」

うたが道のずっと先を指さすと、シロは瞬《まばた》きをした。

「……」

「あれって……」

「うた、お前は見るの初めてだったよな。あれが禍柱だ」

「やっぱり」

「あのくらいになると……まずい」

シロの声音に緊迫した響きが混じる。

「じゃあ後で……」

言いかけたとき、歌っていた子供たちがあっと叫んだ。

うたとシロが視線をめぐらせると同時に、転がってきた赤い毬がうたの足にとんとぶつかって跳ねる。そのまま転がっていきそうだった毬をシロが前足でたしっと押さえた。

毬を拾い上げたうたは、駆け寄ってきた子供たちと目線が同じくらいの高さになるようにひょいっとかがんだ。

「はい」

毬を返してやると、並んだ子供たちはくしゃっと笑った。彼らの履いた下駄は古びて、鼻緒は色褪《いろあ》せていまにも擦り切れそうだ。年長者からのおさがりを大事に履いているのだろう。

向かって右側に六、七歳程度の女の子、左側に男の子。男の子は女の子よりやや年少に見える。きょうだいだろうか。

「ありがとう」

声を揃《そろ》えて礼を言うふたりにうたはにっこりと笑いかけた。

「どういたしまして」

瞬間、きいんと耳鳴りがした。うたは眉をひそめて片耳を押さえる。

「……………」

ほんのわずかな時間、視界が真っ白に染まって、そのあと徐々に色が戻ってきた。

目眩《めまい》を振り払ううたに、子供たちが無邪気に問うてくる。

「おねえちゃん、どこからきたの？」

「おねぇちゃん、どこまでいくの？」

大きなトランクと傍らの白い犬を興味津々《しんしん》のていで見つめる子供たちに、うたは懐《ふところ》から地図を出しながら答える。

「西の方から来たの。このお邸《やしき》に行きたくて……」

うたの言葉にふたりは意味ありげな顔をして、視線を交わした。

女の子の手から毬が落ちて、ころころと転がった。転がっていく先に、桜が並んでいる。どこまでもどこまでも。

見える世界に、桜以外何もない。

冷たい風が吹いた。霞が足元に流れてくる。

「おねえちゃん、よそからきたの」

「おねぇちゃん、どうしてきたの」

シロは耳を小さく震わせた。妙だ。子供たちの声音《こわね》が変に割れて響いた気がした。

「御用があるからよ」

答えるうたを、子供たちは大きく瞠《みは》った目で見つめて、交互に口を開く。

「おねえちゃん、それって」

「おねぇちゃん、ぬしさまの」

そこでふたりの甲高い声がぴたりと揃う。

「ごよう?」

異口同音の問いかけに、うたはひやっとしたものを感じながら首を傾けた。

「…ぬしさま…?」

ふたりはもう一度視線を交わすと声を揃えた。

「かみかくし」

「え……」

「か、み、か、く、し」

「――――」

うたとシロはふっと息を詰めた。

故意に一語一語を区切った甲高い声が、強く吹き抜けた風にさらわれる。

「……かみ…かくし…？」

口の中で呟くうたに、ふたりはにっと笑う。

「あそぶ？」

「あそぼ？」

女の子の左手と男の子の右手がうたにのびてくる。

うたは反射的に身を引いて立ち上がった。

「ううん、遊ばない」

「あそぼうよ」

「あそんでよ」

言い募る子供たちとうたの間にシロが割って入る。

強い風に運ばれて霞が押し寄せてきた。子供たちとうたとシロのいる場所が灰色がかった白に煙る。

「遊ばない」

「ここにいて」

「いかないで」

ふたりがまた声をそろえる。

「ねぇ、おねえちゃん」

風と、風に揺すられる桜の立てる音が強くなった。唸《うな》るようにうめくようにざあっと響く音の彼方《かなた》から、得体のしれない甲高い声がこだまする。

あがぬしさまのおぼしめし
うつしきものよいざ……

霞が視界を覆《おお》っていく。

うたは頭《かぶり》を振ると、喉に力を込めて声を張った。

「もう行かなきゃ」

「ここにいて」

「いかないで」

「むこうにいこう」

「おねぇちゃん」

「行かない。……そうだわ。ねぇ、教えて。牧原伯爵《まきはらはくしやく》様のお邸は……」

その途端、子供たちが甲高く叫んだ。

「おばけやかた！」

「え？」

虚をつかれたうたとシロは目をしばたたかせる。

さっきまでと打って変わり、子供たちの顔が引《ひ》き攣《つ》っている。

「おばけやかた！」

「おばけ！」

「おばけのなかま！」

「にげろー！」

男の子の叫びが合図のように、ふたりは脱兎《だつと》のごとく走り去っていった。

うたは唖然《あぜん》とそれを見送り、ふいに力が抜けてその場に座り込んだ。

「おばけ、やかた……？」

それまでその場に澱《よど》んでいた霞が、子供たちとともに去っていく。

冷たい風に吹かれて、うたはふうと息を吐いた。

「……あの子たち、いったい…」

「…おばけのなかま、ときたか」

何やら複雑な面持ちで、シロが耳のあたりを後ろ足でわしゃわしゃと掻《か》く。

「おばけ、じゃあないんだけどなぁ、俺」

渋面《じゅうめん》のシロの頭を撫でて、うたは立ち上がった。

変にくらくらする。額を押さえて何度か深呼吸をしたうたは辺りを見回した。

道を尋ねようにも、近くには誰もいない。

さっきより風が冷たく感じられて、肌寒さに身をすくめる。

「えっと……」

改めて地図を見る。地図に書き込まれた住所と目的地を示す赤丸。電停と呼ばれる路面電車の停留所のそばの川と桜並木。橋を渡って、対岸の桜並木沿いの道を。

地図をたどる指先がかじかんでいる。異様に寒い。

「牧原伯爵様のお邸は…まっすぐいって、角を曲がって……」

道順を確認しているうたの背に、突如として声がかけられた。

「ちょっとあんた、大丈夫かい？」

うたとシロが同時に振り返ると、木綿の着物にたすき掛けと膝まである無地の前掛けをした、まとめ髪の中年女性が険しい顔をしていた。

うたとシロはとっさに声が出なかった。

さっきまで誰もいなかったのに、この女性はいったいどこから出てきたのだろう。

「え、あの……」

当惑したうたは言葉に詰まって何度も瞬きをする。

「青い顔してるよ。こっちにきてお座り」

「え」

「ほら、いいから」

「ええ…」

手招きをする女性の後ろを見ると、さっきまでなかったはずの建物があった。茶店だ。

店の前に緋毛氈《ひもうせん》を敷いた縁台が二台並んでいる。

うたは、改めて女性を眺めた。出で立《いた》ちから察するに、この茶店の女将《おかみ》だろう。

橋を渡ってすぐの、こんな近くに茶店があったとは。

気がつかなかった。川沿いにずっとつづく桜並木に隠れていたのか。

店の軒先に下がった品書きが、風を受けてひらひら揺れている。塩むすび、五目飯、うどん、みたらし団子、あん団子、ごま団子、甘酒、ほうじ茶。

促されるまま縁台に座ったうたは、出されたほうじ茶をすすった。熱いお茶が腹に沁《し》みる。生き返ったような心地がした。

「ああ、顔色が良くなってきたね」

ほっとしたような女将の言葉に、うたは頰に手を当てた。

「そんなに、でしたか？」

「ああ。……あの世を覗《のぞ》いたような顔だったよ」

独特の言い回しが引っ掛かる。さっきの奇妙な子供たちを思い出し、うたは思わずこう言った。

「……まるで…かみかくしから戻ってきたような…？」

女将の顔が強張《こわば》った。

「…あんた…さっき、牧原伯爵様のお邸とか、言ってたね」

「はい」

「伯爵様のお邸に、何の用？」

低く尋問するような語気の女将に、うたは居住まいを正して答えた。

「伯爵様に雇っていただいて、これからお邸に御奉公にあがります」

女将は驚いたように軽く目を瞠った。

「……あんた、いくつ？」

「十五です」

小柄なうたは、実際の歳《とし》より年少に見られることが多い。きっともっと若い――幼いと表現するのが正しいかもしれない――と思われたのだろう。

答えたうたに、女将は険しい顔で声をひそめた。

「……いきなりこんなことを言われて面食らうかもしれないけど」

「はい？」

「あんた、行くのはおよし。悪いことは言わないから」

「え？」

「あのお邸の主《あるじ》は…いい噂《うわさ》を、聞かない」

「噂…？　でも、もう奉公に上がると決まっているので」

すると女将は苛立《いらだ》ったように眉根を寄せた。その目にあるのは、忌避、か。

「……お邸は、ここをまっすぐ行って、曲がって、ちょっとのところなんだけどね」

女将はついと指さした。指の先を追うと、ちょうどあの禍柱の方角だった。

うたは、かばしら、と口の中で呟く。

子供たちが口にした「おばけやかた」という単語がうたの脳裏をかすめて消える。

「少し前…半月くらい前、だったかね……。邸の主に奉公人が全員、追い出されたって話だ」

「追い出された…？」

首を傾けるうたに、女将は辺りに目を配りながら口元に手を当てて顔を寄せる。

会話を聞かれないようにする仕種《しぐさ》だ。

そんなことをしなくても、この道には自分たち以外誰も。

何気なくそう思って視線を動かしたうたは、はっと目を瞠った。

人が行きかっている。書生風の青年や洋装の壮年男性、袴姿《はかますがた》の女学生たち。夕飯のための買い物に出てきたと思《おぼ》しき女性が足早に向かう先には青物屋と乾物屋が見える。大きな道具箱を抱えた法被《はっぴ》の男たちが出入りする家の前を、山のように荷を積んだ大八車が通り過ぎていく。

うたは何度もまばたきをした。

こんなに人がいたのか。いまのいままで気がつかなかった。

あの霞のせいだろうか。橋を渡ってから、どういうわけか、桜並木の下で毬つきをしていたあの子供たちしか見えていなかった。

神隠し、という言葉が脳裏をよぎる。奇妙なめぐりあわせや何かの大きな力に誘われて、ここことは別の界《さかい》に紛れ込んでこの世から消えてしまう現象だ。

「……女将さん、あの」

子供たちが遊んでいた辺りを指して尋ねる。

「さっきの子たち、どこの…」

「さっきの子？」

「その木の下で毬つきをしていたでしょう、女の子と男の子」

女将はさっと顔色を変えた。

「……あんたと一緒だったのは、その白犬だけだよ」

「え？」

うたは困惑した。うたの横にいるシロも眉をひそめている。

「そんな。だって、さっき…」

「あんた、それ、誰にも言ったらいけないよ」

うたの言葉をさえぎった女将は素早く辺りに目を配った。まるで、恐ろしいものが近くにいないかを確かめるように。

「その子たち…、消えたんだよ」

「え……」

「消えたんだ。どんなに探しても見つからなくて、神隠しだってことになった」

女将は苦しそうに一瞬視線を落とす。その姿に、ひんやりとした灰色の靄がかかったように、うたには見えた。

「……でも、違うんだ。本当はね、牧原伯爵様の御子息が、自分を食いにきたばけものに、代わりに差し出したんだ…」

「え……」

うたはぞくりとした。行きかう人々の気配が靄に包まれて遠ざかる。

「牧原様の御子息は……禍《わざわい》を呼ぶんだよ……！」

すると、女将の悲痛な言葉に重なるように。

あがぬしさまのおぼしめし……

子供たちが歌っていた歌が、奇妙に甲高い声で紡がれる歌が、どこからかかすかに聞こえた気がした。

二章

◇　◇　◇

桜のつぼみがふくらんだ、新月の晩だった。

川の近くに住んでいた女は、夜半過ぎに目を覚ました。

まだ夜明けまでだいぶある。どうしてこんな時分に目が覚めてしまったのだろう。

寝返りを打って目を閉じる。奇妙に静かで、耳の奥に響く鼓動《こどう》の音がどくどくとうるさいほどだった。

布団《ふとん》の中で早鐘を打つ胸に手を当てる。突然、怖くなった。

引き上げた布団の中で丸くなって息をひそめる。

窓を叩《たた》く風の音が激しい。春の嵐《あらし》でも来たのかと思った時だ。

さだめてえとをひとめぐり

微《かす》かに歌が聞こえた。野太い声だ。こんな時分に誰だ。飲んだくれて正体を失った酔っ払いだろうか。

いやひさかたのはるがすみ

なぜかわからないが、唐突に思った。違う。酔っ払いなどではない。これは。

「――――っ」

聞いてはいけない声だ。
全身がざっと総毛立つ。
窓の外に、――いる。

みかづきゆみはりじゅうさんや

引っ張り上げた布団の中で、息を詰めて身を固くして、耳をふさぐ。

心臓がうるさい。怖い。はやく、はやくはやく行ってしまえ。


おににのまるる……


——どれほどそうしていたか。

「…………」

気づけばそれは去っていた。

目を開けて、ほっと息を吐く。

どうしてかわからないが、もう大丈夫だと思った。自分は。そう、自分は大丈夫。

おのれの呟《つぶや》きに、女は眉をひそめて訝《いぶか》った。

「……自分は、大丈夫…？」

どうしてそう思ったのか。理由は二日後にわかった。

隣家のひとり娘がいなくなった。数えで六歳の子供だ。

両親は娘を真ん中にして川の字で寝ていた。夜、布団を敷いて明かりを消したとき、確かに真ん中にいたはずの子供が、朝になったら消えていたという。

両親ははじめ、早くに目を覚ました娘がいたずら心を起こして隠れているのだと考えた。狭い家の中を苦笑しながら捜したそうだ。しかし予想に反して娘はどこにもいなかった。話を聞いた近所の住人たちも協力して思い当たるところを捜し回ったが、見つからなかった。

子供は忽然《こつぜん》と消えてしまったのだ。

日が暮れて、捜索はいったん打ち切られた。

取り乱す母親をなだめていたとき、女の口が勝手に動いた。

「……まきはら……」

抑揚のない小さな呟きに住人たちの表情が凍りつき、幾つもの目が一斉に動いた。

視線の先にあるのは、牧原伯爵《はくしゃく》の邸。

異様な沈黙が降りた。

誰からともなく口を開く。

「……まきはら」

「…まきはら」

「まきはら」

「まきはら」

繰り返される言葉に、どこかから流れてくるかすかな歌が重なる。

あがぬしさまのおぼしめし

「まきはらだ……」

子供の父親が血を吐くように唸る。

「まきはらの……身代わりだ……」

「身代わり」

「――かみかくし」

老若男女のいくつもの声が揃《そろ》う。

「神隠しだ」

うつしきものよいざたまえ

野太い声で、甲高い声で、這《は》うような声で、うめくような声で。

なにものかが繰り返す歌を聞きながら、住人たちははっきりと悟った。

これは、身代わりの神隠しだと。

全員が熱に浮かされたような心持ちで、そう思い込むようそそのかされたことにも気づかずに。

「これは…はじまりだ」

「また、起きる」

「牧原の身代わりに」

「いつだ、いつ……」

住人たちの目に翳《かげ》が落ちる。

子供の母親が、感情の抜け落ちた顔で呟く。

「……五日後の、半月の夜」


果たして。

五日後。

弓張月の晩にまた子供が消えた。

数えで五つの男の子だった。

◇　◇　◇

引き留めようとする茶店の女将《おかみ》をなだめるのにだいぶ時間がかかってしまった。

『いいかい、困ったことになったらすぐにうちまで逃げておいで』

会ったばかりのうたの身を案じてくれた女将は、亭主を亡《な》くしてからひとりで茶店を切り盛りしているのだと言っていた。別れ際《ぎわ》に登美《とみ》という名だと教えてくれた彼女はきっと世話好きな性分で、情の深いひとなのだろう。

しかし。

三日月と弓張月の晩に子供が消えた。

そう語ったときだけ、女将の目はどこか暗い翳りを帯びて、それにうたはなんとも言い難い違和感を覚えた。

——牧原様の御子息は…禍《わざわい》を呼ぶんだよ……！

女将の言葉を思い返し、うたはきゅっと唇を引き結ぶ。

明るいうちに到着する予定だったのに、もうすっかり夕暮れ時だ。東の空は橙《だいだい》から紫、濃藍色《こあいいろ》へと染め変わりつつあった。

うたとシロはようやく牧原伯爵邸の前にたどり着いた。

門前で立ち止まり、しばらく無言で邸《やしき》を見つめる。先に口を開いたのは白犬だ。

「……なんと、まぁ……」

門扉《もんぴ》越しに邸を見上げたシロの言葉に、うたは青い顔で口を開いた。

「これ……」

桜並木の道で見たひときわ大きな妖気の渦、禍柱《かばしら》。

放っておいたら危ないそれは、牧原伯爵邸の方角に立っていたのではなくて、牧原伯爵邸から立ち昇っていた。それだけではない。吹き上がった妖気《ようき》が降り落ちてきて、辺り一帯に波のように広がっているのだ。

これほど凄《すさ》まじいと、この邸は何の力も持たない者にも妙にぼやけて霞《かすみ》がかかったように見えるだろうし、言い知れない異様さを感じるに違いない。

「なるほど、だから『おばけやかた』か」

シロが低く唸る。

うたやシロのように、妖気や瘴気《しょうき》、異形や亡霊といった人外の存在を捉《とら》える目を持つものには、はっきりと視《み》えるのだ。洋風建築の館《やかた》とその敷地全体が、禍柱の中に埋もれている様が。

妖気が凝り固まった虫のようなものが、奇妙に荒れた広い庭のあちこちで幾つも渦巻いている。形を成して動き出そうともがいているようにも思える。実際、あれを放っておいたら生きものに取《と》り憑《つ》いて、おばけや物《もの》の怪《け》、精魅《せいみ》と呼ばれるものになる。禍柱の外側でもこの有様だ。禍柱の中はどうなっているか、考えたくもない。

牧原伯爵の子息は禍を呼ぶと登美が言っていた。まさか本当に。

うたは深呼吸した。怯《ひる》んでいる場合ではない。

「シロ、これ見てて」

トランクを門前に残して、うたは鉄扉を押し開けた。

その途端、敷地全体に充満していた妖気があふれ出したが、うたに触れるなりばちばちと音を立てながら弾《はじ》けて消えた。

うたは、ある程度の邪気や妖気なら触れただけで撥《は》ね散らすことができる。術や行《ぎょう》で得たものではない。うたの受け継いだ血に具《そな》わった、邪気悪気を祓《はら》い退《の》ける祓邪《ふつじゃ》の力だ。

濃密な妖気が絡《から》みついてきたのを片手の袖《そで》で振り払う。シロもまた全身をぶるぶると震わせて妖気をはねのけた。

うたはまっすぐ玄関に走ると、扉のノブを摑《つか》んだ。ばちっと音を立てて邪気が散る。手に伝わった軽い衝撃に少し眉をひそめる。鍵《かぎ》はかかっていない。難なく開く。

扉を開けて邸の中に飛び込んだ。濃霧の中に入り込んだように、冷たい空気で喉《のど》がふさがれた。視界が灰色で覆《おお》われる。目に見えないくらい小さな羽虫の群れが肌を掠《かす》めたようなおぞましい感覚。

反射的に瞬《まばた》きをひとつ。瞼《まぶた》の裏で白い火花が音を立てて散る。それは夜闇《やあん》を走る稲光に似ている。

邸内に満ちていた妖気が完全に吹き飛び、立ち昇っていた禍柱も音を立てて四散したのを感じた。

「……ふう」

呼吸が楽にできる。邸内の照明はひとつも点っていないのに、窓から射《さ》し込む月影で奇妙なほど明るかった。そういえばもうすぐ満月だ。

そこにシロが、トランクのハンドルをくわえて引きずってきた。

「お、きれいになったな」

「うん…、っ!?」

視界のすみで動いた影にどきりとしたが、玄関横の壁にはめ込まれた大きな全身鏡に映った自分だとわかって、うたはほっと胸をなでおろした。

月明かりの中、前髪が乱れて冷たい汗で額に貼《は》りついているのを見て、慌《あわ》てて直す。

「おい、うた」

シロの緊迫した呼びかけにうたは視線をめぐらせ、はっと目を見開いた。

玄関を入ってすぐのホールに人が倒れていた。

一瞬、亡骸《なきがら》に見えた。うたは思わず立ちすくんだが、いやと思い直した。あまりにも色濃い邪気に覆われて生気が感じられず、亡骸と錯覚しただけだ。

体型から察するに成人の男性だ。半分脱げかかり片袖がかろうじて腕に引っかかっている半纏《はんてん》は木綿の藍染めか。身にまとっている長袖の白シャツとズボンは薄汚れている。肘《ひじ》までまくった袖は泥か何かで汚れたのか、黒っぽく変色していた。背が高くて痩《や》せ気味。少しだけくせのある短めの髪はぼさぼさで、やや長めの前髪で顔の半分が隠れている。このぼさぼさ具合、しばらく櫛《くし》を入れていないに違いない。

この邸の奉公人は牧原家の子息に全員追い出されたと登美が言っていた。

ならば、いまここにいるのは邸の主《あるじ》である牧原伯爵の次男、麟之助《りんのすけ》以外ありえない。

それに、麟之助には他者と間違えようのない、一目でそうとわかる特徴があると聞いている。

まるで月の光をそのままとかしこんだような銀色の髪。誕生時には漆黒だったというその髪は、幼少のみぎり、ある事件を境にして銀に変わったのだという。

倒れた青年のぼさぼさの髪は、薄暗い屋内で淡く浮かび上がる真珠めいた色。

間違いない。

「麟之助ぼっちゃん！」

あたかも行き倒れているようなうつ伏せで、牧原麟之助の手は何かを求めるように玄関に向かってのびている。

「しっかりしてください、ぼっちゃん！」

駆け寄ったうたが声まで蒼白《そうはく》にして必死で揺さぶると、麟之助を亡骸と錯覚させた凄まじい邪気が瞬時に散開して消えた。

「ぼっちゃん！　麟之助ぼっちゃん！」

死人のごとき顔色の麟之助はかすかにうめき、蚊の鳴くような掠れた声を発した。

「…………が……」

「なんです⁉」

聞き取ろうと麟之助の顔に耳を寄せる。と。

「……はらが……へっ……た……」

うたはまばたきをして、麟之助を見下ろした。

「……腹…？」

と、うたの呟きにこたえるように、麟之助の腹が盛大に鳴った。

うたの隣のシロが尻尾《しっぽ》をひとつ振った。

「空腹で倒れたのか？」

その通りと言わんばかりにまたもや腹の音が響く。

うたは辺りをざっと見回した。人気《ひとけ》のない埃《ほこり》っぽいホールの、玄関扉まであと少しというところに倒れていた麟之助。

奉公人は半月ほど前に追い出されて、邸の主以外誰もいない。

ひとり残った麟之助が空腹のあまりこんなところで行き倒れているということは、いまこの邸にすぐに食べられるような物は何もないということか。

それに、奉公人がいなくなってから半月。つまり買い物をする者がいない。

十中八九、食材も尽きているのでは。

うたは左の袂《たもと》から小さな巾着袋《きんちやくぶくろ》を出すと、その中身を数粒、麟之助の口の中に押し込んだ。

麟之助が口をもごもごと動かす。

「シロ、麟之助ぼっちゃんを奥に運んで」

「うたは?」

「食べるものを見繕《みつくろ》ってくる」

駆け出していくうたを見送ったシロは、倒れたまま唸っている麟之助を振り返ってため息をつく。

引きずりやすいように麟之助を仰向けに転がそうとして、シロは瞬きをした。

「……随分荒れてるな」

何をしたのか知らないが、麟之助の手はかなり荒れていた。水仕事でもしているかのような荒れてざらざらになった肌。それに、薄黒く汚れている上、使い古した金物に似た妙なにおいまでする。

こういう手をした者たちをシロはよく知っている。郷里の工房で朝から晩まで真っ黒になって働く職人たちだ。

しかし麟之助はそんな職人たちとはまったく違う生まれ育ちの貴族の子弟である。貴族なのだから何不自由のない暮らしをしているはずだ。

「伯爵の息子がなんだってこんな手をしてるんだ？」

変だなぁと首を傾《かし》げたシロだったが、とりあえず考えるのをやめた。いまはそれより優先すべきことがある。

うたは食べ物を見繕ってくると言っていたから、食事の前にこの手をきれいにさせなければいけない。食事の前には手を洗う。基本だ。

風呂場《ふろば》にでも運んで水をぶっかけたら汚れは落ちるだろうし目も覚めていいかもしれない、とかなり辛辣《しんらつ》なことをすました顔で考えるシロである。

「……」

ふいに、シロの三角の耳がぴくりと震えた。

どこかから聞こえる低い歌声。ひび割れて歪《ゆが》みながらかすかに流れてくる。

みかづきゆみはりじゅうさんや……

シロの全身がざわっと震えて総毛立つ。

邸内は月明かりで仄白《ほのじろ》く明るい。確か昨夜が。

「……十三夜」

シロの呟きがホールに満ちた静寂の中に重く響く。

手毬歌《てまりうた》は崩れるように闇《やみ》にとけた。

◆　◆　◆

腹が減りすぎると目が回るということを、牧原麟之助は生まれて初めて知った。

食堂のテーブルに突っ伏して力なく目を閉じていた麟之助は、物音を聞いて億劫《おっくう》そうに血の気の失《う》せた白い顔をあげた。

厨房《ちゅうぼう》につながっている扉が開く。急須《きゅうす》と湯飲み、竹皮の包みと白い皿が並んだ漆塗りのお盆を持った見知らぬ少女が入ってきた。

白犬が少女の足元にまとわりつき、少女はそれを上手にかわしながらテーブルにお盆を置く。

「…………」

皿の上の白いおむすびに麟之助の目は釘《くぎ》づけになった。食欲を掻《か》き立てる飯の匂《にお》いが鼻先をくすぐる。

「塩むすびです。どうぞ召し上がれ」

目の前にそっと差し出された皿には、大ぶりな三角形のおむすびが四つ。

麟之助はごくりと喉を鳴らして軽く手を合わせる。いただきます、と小さく呟いてからおむすびを両手で掴み、口を大きく開けてかぶりついた。


うたは、うつむいてもぐもぐと口を動かしていた麟之助の肩が大きく震え出したのを見た。

「……うまい」

押し殺したような低めの声でぽつりと呟いて、彼は片手で目を覆った。

「五臓六腑《ごぞうろっぷ》にしみわたる……っ！」

よく見ると麟之助の目に涙が光っている。

「米…、米、うまい…っ！　米…！」

大きな塩むすび四つがあっという間に麟之助の腹に消えた。

米とうまいしか言葉が出てこなくなっている半泣きの麟之助に、うたは盆にのった竹皮の包みを開いた。中身は五目飯のおむすびだ。

「おかわり、ありますよ」

麟之助の目が吊《つ》り上がった。そのあまりに鋭い眼光に、うたは背筋にひやっとしたものが駆けあがったのを自覚した。

何か癇《かん》に障《さわ》ってしまったのかと内心焦《あせ》るうたに、険しい面持ちをした麟之助は、からの皿を無言でずいっと差し出した。

「………」

突き出された皿に五目飯のおむすびをそろそろと竹皮ごとのせる。

麟之助は、ごもくめし、うまい、だけしか言わなくなり、こちらも四つあったおむすびをきれいに平らげた。

うたはほっと胸をなでおろした。特に怒らせたわけではないようだ。それに、これだけ食欲があるなら体調も心配ないだろう。

この塩むすびと五目飯むすびは、茶店の女将登美に頼んで分けてもらったものだ。

さっき別れたばかりのうたが息せき切って駆けてきたのを見た登美はぎょっと目を見開いた。何かあったのかと顔色を変えた登美に、かくかくしかじかで食べ物を売ってほしいと頭を下げた。すると彼女はほんのわずか複雑な目をしながらも、ちょうど炊《た》き上がったばかりの白飯と、売り物の残りだという五目飯をぱぱっと握ってくれたのである。さらに、ほかの残り物も少し竹皮に包んで持たせてくれた。お代はいいから早く持っておゆきと笑ってくれた登美には、後日別の形でお礼をしようと思う。

厨房にはやはり米も野菜も肉も玉子もなかったが、幸い茶葉は数種類あった。

「ごちそうさまでした」

手を合わせて重々しくつぶやいた麟之助の前に、ほかほかと白い湯気の立つ湯飲みと、草色の金平糖が五粒入った小鉢を置く。

「どうぞ」

「……………」

促されるまま湯飲みの茶をすすった麟之助は、眉間《みけん》にしわを寄せて小鉢の金平糖を口に放り込み、怪訝《けげん》そうにようやく切り出した。

「……で、お前は誰だ？」

いまそれを言うのかよ、とシロが呆《あき》れたように半眼になる。

重い誰何《すいか》の声と鋭い眼差《まなざ》しを受けたうたは、表情を引き締めて背筋をのばし、両手をおへその下で重ねた。

「うた、と申します。麟之助ぼっちゃんにお仕えするようにと、牧原伯爵様から言いつかって参りました」

麟之助は険しい目でうたをじっと見つめて、低く唸るように言った。

「……親父《おやじ》殿の差し金か」

煩《わずら》わしげな面持ちで、目にかかるほど長い前髪を片手で掻き上げる。

「私ひとりで大丈夫だと、言ったのにな。何とでもなると」

「いや、なってないだろ」

間髪いれずに鋭く発したのはシロだ。すると麟之助は、むっとしたような顔でシロを一瞥《いちべつ》した。

うたとシロはひとつ瞬きをした。いま麟之助はシロの発した「言葉」に反応した。

「お前、『聴こえる』のか」

確かめるようにシロが問うと、麟之助はテーブルに片肘をついて顎《あご》をのせた。

「あまりありがたくないことに、そういう血筋でね」

険相と呼ぶのが相応《ふさわ》しい表情でそう答える。

「ふうん。目はどうだ、『視える』ほうか？」

「まぁまぁ。きみのこともそれなりに視えてる」

「ほう、大したもんだ」

「それは、褒められてると思っていいか？」

「一応は」

一方、うたは黙って麟之助を見つめていた。

凄《すご》みのある目つきに一瞬構えてしまったが、白犬の姿をした人語を解する生きものと平然と会話している様を見ているうちに、それほど怖いひとではないような気がしてきた。単に目つきが険しいひとなのか、あるいは空腹がひどすぎて余裕がなかっただけなのかもしれない。

うたはふと、間が悪くて食事を抜く羽目になった兄が、風呂が熱すぎるとか羽虫がうるさいとか、普段は気にしないようなことにいちいち腹を立てていたことを思い出した。

兄がここにいないことが少しだけ寂しいと思ったが、仕方がない。

改めて麟之助の様子を窺《うかが》う。おむすびを食べて少し元気が戻ってきたようだが、依然としてその顔色は決して良くはない。

「…………」

うたの眼差しを受けた麟之助は、いささか気まずそうに目を泳がせた。

「……その、今日はたまたまで、いつもはもっとちゃんとしている」

「そうなんですか」

うたは一応頷いた。

「そうだ。食べているし、寝ている。何の問題もない」

「へぇ…？」

九割がた疑っている目でシロが麟之助を一瞥《いちべつ》。麟之助もシロをちらりと見やって咳払《せきばら》いをした。

「親父殿にはあとで言っておく。明日、なるべく早くここを出て郷里に戻れ、うた」

半月ほど前に奉公人たちを全員追い出した彼の本音はおそらく、明日といわずいますぐにでもここを出ろ、なのだろう。

「私はひとりで大丈夫だ」

麟之助は、まったく笑っていない目をして笑顔を作った。

そこに完全な拒絶を見て取ったうたは、瞬きをひとつしてからすうっと息を吸い、腹の底の丹田と呼ばれるあたりにぐっと力を込めた。

ここで引き下がってたまるか。

「お言葉ですが、麟之助ぼっちゃん」

「……いつ以来だ、その呼ばれかた」

笑顔から一転、麟之助は渋面になった。どうやら本気で嫌がっている。

さっきの貼りついたような作りものの笑顔よりだいぶましな顔だとうたは思う。

「ぼっちゃん……。独り立ちしている大人の男にそれは……」

ちなみに、うたとシロが聞いたところによれば麟之助は二十一歳である。確かに、年だけなら十分大人だ。

「どう見てもうたのほうが私より年下だろう。それなのにぼっちゃん呼ばわりは……」

小さくぼやく麟之助を見るうたの目がすっと細くなった。

「……お言葉ですが、麟之助ぼっちゃん」

「……っ、なんだ」

低くなった語気に気圧《けお》されたのか、麟之助は反射的に背筋をのばした。

「うたは、伯爵様から言いつかってこちらに参りました」

ゆえに麟之助にうたの進退を決められる筋合いはない。

言葉の裏に込めたものを正しく察した麟之助は、面持ちに険をにじませた。

「それで？」

冷ややかな声に、うたは丹田に力を入れ直す。気を張っていなければおじけづいてしまっただろう。

「うたの旦那《だんな》様は伯爵様です。ぼっちゃんは旦那様のお子様ですから、お幾つであろうとうたにとってはぼっちゃんです。一応お伝えしておくと、うたは今年十五になりました」

「十五……」

「はい。それともうひとつ」

「言ってみろ」

「ぼっちゃんはさっきご自分のことを、独り立ちしている、とおっしゃいましたが」

ここで、うたの目がきらりと光ったのをシロは見た。

「それが？」

「身の回りのことを全部自分でできる人間のことを、独り立ちしている、というのだとうたは思います」

うたの言わんとしているところを察したのか、麟之助は一瞬狼狽《うろた》えた。

「そ…や、しかしだ…」

「独り立ちした大人だとおっしゃるなら、お邸内で行き倒れなどもってのほか」

「……っ」

「違いない」

合いの手を入れたのはシロである。

うたは更にたたみかける。

「それと、お邸の中をぐるっと見て回りましたが」

「なに、いつの間に」

「お茶を淹《い》れるためにお湯を沸かしている間にさっと」

「か、勝手なことを…」

するな、とつづけたかったようだが、己れの分の悪さをわかっているのか語尾は音にならない。

ちなみに、邸を見回る前にうたは一度食堂の様子を窺ったのだが、麟之助はテーブルに突っ伏してぴくりとも動かなかった。

「厨房はしばらく火を使った様子がありませんでしたし、洗濯部屋には汚れものが山のよう」

「それは…、あとで、まとめて片づける、つもりだった」

「あちこち埃が積もっていましたし、察するに窓を開けて風を入れ替えることもされていないかと」

「別に、不都合は感じていない」

「庭の草ものび放題ですし」

「自然豊かで、いいだろう」

なんとも苦しい言い訳である。

「ご存じですか？　村の子供がこちらを『おばけやかた』と呼んでいるのを」

「おばけ、やかた……?!」

大変なショックを受けたように目を見開く麟之助。

うたは瞬きをした。意外だ。こんなにこたえるとは。しかし、好機だ。

「うたは、おばけの仲間だと子供たちにはやし立てられました……」

ここでうたは言葉を切り、わかりやすくため息をついて見せる。

はやし立てた子供たち自体がおばけやそれに類する何かだった可能性が非常に高いのだが、それは黙っておく。

「おばけやかた……か……」

麟之助はいささか白い顔で肩を落とす。

うたは畳みかけた。

「この有様を放ってお邸を下がっては、伯爵様に申し開きができません。奉公に上がったからには誠心誠意努めてまいります。……ですから麟之助ぼっちゃん。もう、郷里に帰れとはおっしゃらないでください」

「………」

麟之助はうたを睨《にら》む。その目の中に、訴えるような悲痛な光が見え隠れする。

うたは、重ねた右手で左手をぐっと摑む。

「うたがお守りいたします」

「っ⁉」

「ぼっちゃんの暮らしは、このうたが。埃まみれのお邸を掃除して、お洗濯をして、買い出しに行って、一日三食きちんと用意して。まっとうな生活を送っていただけるよう、うたは全力を尽くします」

意表をつく言葉に目を瞠った麟之助は反射的に口を開いた。か。

「……、…、……わ、かった…」

反論を試みたものの、なにも出てこなかったのだろう。そう告げた麟之助は観念したようにうなだれた。

うたは内心でほっとした。麟之助の目つきが少し和らいだように思えた。一応受け入れてもらえたようだ。

何が何でも出て行けと言われなくて良かった。どう思われようとも居座るつもりでいたが、あまり冷たい目をされると心が痛む。

「今日はもう遅いので、掃除と洗濯とお庭の手入れは明日からいたします」

麟之助は不承不承の体で息をつく。

「お前ひとりでか」

ここで麟之助はシロを一瞥した。シロはそ知らぬ顔であらぬ方を見やる。

「……本当は、兄も一緒にこちらに上がるはずだったのですが…」

言いよどんだうたの目が翳ったのに気づいた麟之助は、はっとしたように視線を落とした。

「…そうか………。その…、気の毒に……」

「はい、階段から落ちて足を折ってひと月動けなくなってしまって」

「生きてるのかよ」

「生きてますよ。なんだと思ったんですか」

「…………」

麟之助は半眼になって金平糖を口に放り込んだ。うたがやけに深刻そうな顔をして見せたから、てっきり不慮の事故か何かで帰らぬ人になったのだとばかり。

金平糖を八つ当たり気味にがりがり噛《か》み砕いていた麟之助は、ふいに瞬きをして小鉢を見つめた。

「……この金平糖」

「気に入りました？　もっとありますよ」

袂から巾着袋を出すうたに小鉢を差し出しながら、麟之助は訝し気に首を傾げる。

「いままで食べたことのない味だが…、どこのだ？」

「これはうちのほうで特別に作っているんです。うたもこれが大好きです」

少しだけ得意そうにうたが笑う。のちに麟之助はシロに述懐する。あのときうたの笑った顔を初めて見たな、と。

「この味、妙に懐《なつ》かしいな。不思議と体が軽くなる気がする」

「それは……」

麟之助が何気なく口にしたのだろう言葉に、うたとシロは意味ありげに視線を一瞬交わした。

「ヨモギが入っていて、食べると、つかれが取れるんです」

感心した面持ちで麟之助が頷く。

「そうか、疲れが。それはいい」

「ええ。憑かれると、大変ですもの」

同音の言葉でもそれぞれの意味するものはまったく違うのだが、彼は気づかない。

「違いない」

麟之助は金平糖をさらに二粒、口の中に放り込む。

そうして観念したのか、彼は呟いた。

「親父殿の差し金か。……なら、大丈夫か……十五なら……」

――カミカクシニアウノハコドモダケダシ、ドウセアトイチニチダ
声なき呟きをその耳に捉えたシロが、うたに無言で目配せをする。

麟之助の半分伏せた瞼の奥の瞳《ひとみ》はとても冷ややかで、ここではないどこかを見ている

ようだった。

「……片づけます」

皿と湯飲みに手をのばすうたに黙然と頷き、麟之助は何気ない素振りでついと目を逸《そ》らす。

「……」

これ以上話しかけるなと言い放たれた気がして、うたは唇を引き結んだ。

三章

◇

◇

◇

夜半過ぎ、唐突に目が覚めた。

何かが聞こえたからだ。

訝《いぶか》って身を起こした麟之助は、眠るときは常に枕元《まくらもと》に置いている守り刀が、かすかに震えていることに気づいた。

「これは……」

呟《つぶや》いた刹那《せつな》、ごくごく小さな声が聞こえて麟之助の全身は総毛立った。

窓に駆け寄ってぶ厚い窓帷《カーテン》を開ける。

今宵《こよい》は新月で、厚い雲に覆《おお》われた空には星ひとつ見えない。奉公人たちもみな仕事を終えて寝静まり、本館と別館のどの窓も暗い。街灯の光は塀にさえぎられて敷地内には届かない。

にもかかわらず、暗闇《くらやみ》の中に舞う花の花弁を、麟之助は確かに見た。

そして聞いたのだ。いくつもの声が紡《つむ》ぐ歌を。

麟之助は守り刀を両手で摑《つか》んだ。

「……一文字……力を貸してくれ……」

発された低い呟きは、かすれてわずかに揺れていた。

翌朝麟之助は、邸《やしき》の奉公人たちを集めて告げた。

「ひとりでやらなければならないことができた。お前たちは本邸に戻れ」

真都の郊外に位置するこの邸は牧原伯爵《はくしゃく》家の別邸だ。伯爵夫妻とその長男が住む本邸は、帝《みかど》の坐《いま》す宮城《きゅうじょう》に近い京央《きょうおう》区に構えられている。

困惑する奉公人たちを説き伏せるのにさほど時間はかからなかった。何しろ麟之助はこの邸の主《あるじ》。主の命令は絶対だ。

その日の午後には全員が邸を出た。

麟之助をひとりにすることを最後まで渋っていた守《も》り役《やく》の爺《じい》に、やらなければならないことというのはいつ終わるのかと問われて、麟之助は渋面《じゅうめん》で唸《うな》り、こう答えた。

月が…呑《の》まれる頃。

ではそれが過ぎたらすぐに戻ってきますと言い置いて何度も振り返りながら遠ざかっていった爺を見送ったのは、陽が傾きはじめた時刻。

夕暮れが迫る中、奉公人たちが寝起きする別館の入口を施錠して、麟之助は手の中の鍵《かぎ》をじっと見つめた。

使い込まれた銅古美《どうふるび》の鍵を使って自分がこの扉を開けることは、もう二度とない。

麟之助は息をつき、別館に背を向けた。

じきに夜の帳《とばり》が下りる。そして。


さだめてえとをひとめぐり……

この世ではないところから、あの歌が風にのってやってくる。

◇　◇　◇

伯爵家別邸は大きい。庭は建物の面積の倍以上の広さで、敷地は高いレンガ塀にぐるりと囲まれている。

麟之助が起居している建物は本館と呼ばれているそうだ。本館の裏手に建っている離れは別館で、奉公人たちの住まいだという。

ここの二階の端の一室が以前から空き部屋だったそうで、うたとシロはそこで寝起きするよう麟之助から指示された。

本館と別館は五メートルほど離れている。

うたたちを別館に案内しながら、雨の日に傘を差して行き来するのは奉公人たちが面倒だろうから屋根つきの渡り廊下でつなげたかった、と麟之助が何気なく口にしていた。

足元を照らす石油ランプとトランクを下げて別館に入ると、ずっと閉め切られていた建物特有の澱《よど》みがうたとシロを迎えた。

屋内に少しだけ漂っていた妖気《ようき》が、うたが入った途端ぱあっと霧散する。ふたりはそのまま階段をのぼって、二階の廊下を端まで進む。

古びた木の扉は焦《こ》げ茶色《ちゃいろ》。くすんだ金古美のノブを回すと、蝶番《ちょうつがい》の油が切れているのか、きしんだ音を立てながら開いた。

畳敷きなら四畳半程度の小ぢんまりとした部屋だった。広々としているとはお世辞にも言えないが、寝て起きるだけならこれで十分だ。

正面に大きな窓がひとつ。左側の壁に縦長の窓がふたつ。それぞれの窓帷を開けると、正面の窓は横に動かす引き違い窓で、左側のふたつはガラスのはまった木枠を上下に動かす上げ下げ窓だった。

「わぁ、こういう窓、初めて」

うたは目を輝かせて三つの窓を開けた。ひんやりとした風が入ってくる。

絵本でしか見たことのない外国建築風の窓は、小さな頃からうたの憧《あこが》れだった。

しばらく使っていなかった部屋の空気は埃っぽくてわずかに澱んでいたが、夜気とともに入ってきた涼やかな風が澱みを一掃してくれた。

「うた、夜風をあまり入れると冷えるぞ」

「うん」

足のついた木製の寝台に飛び乗ったシロの言葉に素直に頷《うなず》いて窓を閉める。春とはいえ夜は気温がぐっと低くなる。油断していると風邪を引く。

床は板敷きだ。引き違い窓の左横に小さな机と椅子《いす》が置かれている。右の壁際《かべぎわ》に設置された寝台の下には衣類をしまえる引き出しもある。天井から下がった鉤《かぎ》はきっとランプを吊《つ》るすためのものだ。

寝台面の簀の子《すのこ》に座ったシロが、室内をぐるりと見まわしてから首を傾《かし》げる。

「押し入れがないってことは……布団《ふとん》はどこだ？」

「あ、確かに。物置かしら。探さないと」

本館も別館も履き物を脱がない外国風の生活様式だ。昔ながらの日本家屋の畳の部屋で育ってきたうたにとっては憧れの暮らしである。心が浮き立つのを抑えられない。

衣類や小物を寝台の下の引き出しにしまっていると、扉を叩《たた》く音がした。

「うた」

麟之助の声だ。

「何か御用ですか？」

扉を開けると、布団一式を抱えた麟之助がいた。本館のどこかから客用のものを持ってきてくれたらしかった。

「まぁ…。教えてくださったら自分で運びましたのに。ぼっちゃんのお手をわずらわせてしまうなんて…」

うたが恐縮すると、麟之助は気にするなというように頭《かぶり》をひとつ振った。

「ランプの燃料は下の納戸《なんど》にある、自由に使え」

「ありがとうございます」

「…………」

麟之助の視線が寝台に伏せている白犬に向けられる。

「シロです」

「白いから、シロ、か」

シロは黙って耳を少し動かす。

麟之助はシャツの胸ポケットから銅古美の鍵を出すとうたに差し出した。

「……もしかして、ここの鍵ですか？」

麟之助が黙って頷く。差し出した手のひらに載せられた鍵はしっかりした造りなのか少し重かった。

「奉公人たちは全員持っている」

「お借りします」

うたは鍵を両手でそっと包んだ。自分の鍵というのが無性に嬉《うれ》しくてゆるみそうになった頬を全力で引き締める。実家にはいつも誰かがいたから、末っ子のうたが鍵を持つことも使うことも、一度もなかったのだ。

「……あ、ぼっちゃん」

いつの間にか麟之助が階段を下りている。

明かりのついていない階段も一階の廊下も玄関も暗いのに、布団で両手がふさがっていた麟之助は足元を照らすものを何ひとつ持っていない。

「待ってください、下まで送ります」

うたはランプを掴んで慌《あわ》てて後を追う。

追いついてきたうたの手にある鍵を見て、麟之助は複雑な顔をした。

「……また、この別館の扉を開けることになるとはな……」

「はい？」

「いや、なんでもない」

本館に戻っていく麟之助を見送って、うたは玄関の扉を閉めて鍵をかけた。

今日がようやく終わるという気持ちになる。

「今夜はゆっくり眠れる」

深い息をついて呟いた途端、疲労が肩にどっとのしかかった。

昨日昼過ぎに郷里を出て、この村についたのは今日の午後。疲れて当然だ。

一階の厨房《ちゅうぼう》や納戸などをざっと見てから部屋に戻ると、シロが寝台から降りていた。

「なぁうた、あいつさぁ」

「なに？」

「詰めが甘いよな」

うたは瞬《まばた》きをしてから失笑する。

「うたも、そう思う」

「な」

「うん」

うたとシロを追い出そうとしているくせに、寝具を手ずから運んできてくれるとは。貴族が召使いのために何かをするなんてことは常識で考えたらまずありえない。どこにある寝具を使いなさい、と優しく命じるくらいが関の山だ。

シロの言うとおり、麟之助は実に詰めが甘い。

鉤に吊るしたランプの明かりの下、彼が持ってきてくれた布団を広げる。

ずっとしまわれていたのだろう敷布団は、綿が押しつぶされて平たくなっていた。

うたは悲しげに眉《まゆ》を曇らせる。

「平たい……」

「貴族のお邸の布団もせんべいになるんだなぁ」

妙に感心したようなシロの呟きを聞きながら、うなだれたうたは心に決めた。あした晴れたらお日様に当てようと。

本館には電気もガスも水道も通っていて、照明はすべて電灯だった。

　一方の別館は厨房にガスが引かれているだけらしい。勝手口の近くに手押しポンプの井戸があった。洗濯室と納戸の間に風呂場《ふろば》。閑所《トイレ》は外にあることも先ほど確認してきた。机の引き出しを開けてみると、マッチと陶器の灰皿が入っていた。灰皿にマッチの燃えカスが残っている。この部屋を使っていた誰かが捨て忘れていったのだろう。

　引き出しを閉めたうたは、ふいに肌寒さを感じた。

「うた？」

　様子が変わったことに気づいたシロが案じるように視線を向けてくる。

「……ちょっと、冷えたみたい」

　これはおそらく夜風の寒さだけではない。精気を削《そ》がれたことが大きい。

　精気とは命の根源、心身を保つための活力だと、うたは祖母から教わった。

　教わりはしたものの、本当のところ、うたにはあまりよくわかっていない。

　うたにわかっているのは、どんな生きものも死んでしまうと冷たくなるということ。

　生きているものはあたたかい。どんなに小さな生きものでもそれは変わらない。

　だから、精気とは、命あるもののぬくもりやそれを生み出す力。心の底から湧《わ》き出る気力や情熱や意思なのではないかと、うたは思っている。

「寒い……」

　うたは身をすくめながら記憶を手繰《たぐ》った。

まず、あの桜並木の下での得体のしれない子供たちとの遭遇だ。そして、禍杜《かばしら》の中に飛び込んで麟之助を覆っていた妖気を散らした。さらに、本館をざっと見て回りながら禍柱の残滓《ざんし》を片づけ、この別館の妖気も一掃させた。

邪気や妖気は生きものの体温を奪い精気を削ぐ。熱を奪うそれは生きものを冷たい死に追いやっていく。

「……………」

うたは苦い物を含んだ顔で息を吐く。

仕方がなかったとはいえ、少々妖気に触れすぎたか。

背中からうなじがぞわぞわしている。もしかしたら、散らしきれなかった妖気が視えないくらいうっすらと残っていて、全身にへばりついているのかもしれない。

疲労が極度にたまると、生まれながらに具《そな》わったうたの祓邪《ふつじゃ》の力は弱まる。

汽車で長時間揺られて、昨夜は眠りが浅かった。シロがいるとはいえ、慣れない土地で緊張もしているし、これから果たさなければいけない役目への気負いもある。

いささかまずいかもしれない。

トランクを開けて母の手編みのウールの肩掛けを羽織り、ヨモギの金平糖を数粒口に入れてがりがり噛《か》み潰《つぶ》す。

背筋の違和感が消えてすうっと体が軽くなった。金平糖に使われているヨモギには、魔除《まよ》けの効力があるのだ。

それに、食べ慣れたものは緊張を解きほぐしてもくれる。

しかし、牧原邸と牧原鱗之助は相当の難物だ。この調子で食べているとすぐになくなってしまいそうだ。

「おばば様に頼んで送ってもらわなきゃ……」

呟いて、うたは髪に挿したかんざしにそっと触れた。

金平糖も、このかんざしも、祖母からもらったものだ。

つい里心がつきそうになって、気を紛らせるために両頬をぱしぱし叩く。

シロが物言いたげな顔をしていることには気づかないふりをして、うたは窓の向こうの本館に目をやった。

鱗之助の寝室は二階だと聞いたが、どの部屋も真っ暗だ。

明かりが点《つ》いているのは一階の端の部屋だけ。

幾つかある窓のひとつの窓帷が半分開いているあの部屋は、鱗之助の作業場なのだ。

「……」

うたはついと目を細めた。

布団を持ってきてくれた鱗之助が本館に戻ってからそれなりに時間が経《た》っている。

うたの手元に時計はないが、かなり深い時刻になっているはずだ。

「まだ眠らないのかしら……」

呟くうたの脳裏をよぎるのは、もの言わぬ麟之助の背中だ。


テーブルを片付けていると、麟之助は席を立ち。

――端の部屋に飲み物を持ってきてくれ
そう言って出ていった。

新たに沸かしたお湯で淹《い》れたお茶と金平糖の小鉢を載せた盆を手に、端の部屋の扉を叩くと、入っていいと声がした。

扉を開けると壁際に並んだ簞笥《たんす》三棹《さお》と複数の大きな木箱と長椅子が目に入った。波打つような背もたれが特徴的な布張りの長椅子は、大人が楽に横になれる大きさだ。きっと外国製に違いない。

窓際に据えられた広い机の前に麟之助がいた。机上には手簞笥がふたつと手元を照らすためらしい小型の照明器具。工具や銀色の何かが細々とあるのも見えた。

うたが入室しても、麟之助は背もたれのない丸椅子に腰かけて机に向かったまま、振り返りもしなかった。集中して何かをしている背中に、邪魔をするなと書いてある。

そこに置いておいてくれ、と背を向けたまま告げられて視線をめぐらせる。

扉のすぐ脇《わき》に設置された半月型の三本足テーブルが目に入る。これか。

テーブルに盆をそっと置いたうたは、麟之助の作業机の横にあるものに気づいた。

――刀……。

うたの呟きが聞こえたのか、ここで初めて麟之助が振り返り、うたの視線を追った。

縦置き型の台に切っ先を上にして掛けられた刀。黒塗りの鞘《さや》に巻き付くような細やかな意匠は桜の枝に見えた。

――これはうちの守り刀だ。号は、一文字《いちもんじ》
それきり麟之助は黙り込んだ。もう下がれ、ということだろう。

何かあったら呼んでくださいと言い置いて退室する。

それからしばらくして、うたが厨房の後片付けや風呂場の掃除などをしているところに麟之助がやってきて、別館に案内されたのだ――。


「……そろそろ休んでくださいって、言いにいったほうがいいかしら」

いつまで起きているつもりなのだろう。行き倒れたばかりなのだから、早く寝てほしいものだが。

目を閉じてよくよく思い出す。作業台に並んでいたのは手工具と銀色の棒や小さな板らしきもの。それと、端のほうに小さな箱もいくつかあった気がする。あの木目はおそらく桐《きり》だ。

「あれ、何をやってたんだろう」

明日訊《き》いてみよう。答えてもらえるかはわからないけれども、気になる。

うたは夜着の浴衣《ゆかた》に着替えると、登美がくれた竹皮の包みをトランクから取り出した。おむすびと一緒に登美からもらったものだ。あとでゆっくり食べようと思ってトランクに入れておいたのである。

椅子に腰かけて包みを開く。現れたのは、みたらし団子が二本と、あんこをまとわせたあん団子が三本。

「わぁ……」

うたの目が星のように輝く。

串に刺さった団子はそれぞれ四玉ずつ。登美は売れ残りだと言っていたが、本当にそうなのだろうか。実は、仕事のあとに自分で食べるために残しておいたものではないかという気がしないでもない。

おむすびは全部鱗之助の腹の中で、本館の厨房にも別館の厨房にも食料はない。

この団子がうたの遅めの夕飯だ。ちなみにシロは、食事をする必要がない。人と同じものを食べることはできるが、食べなくてもなんら支障はない。

だからこの団子は全部うたのもの。

「いただきます」

心からの感謝とともに手を合わせてみたらし団子を食べる。

「…ん〜！」

うたの目尻《めじり》がへにゃっと下がって頬がゆるむ。琥珀色《こはくいろ》のたれのあまじょっぱさがたまらない。絶妙な味わいを程よいとろみが引き立てて、これなら何本だって食べられる。

手で押さえていないとほっぺたが落ちてしまいそうだ。

空腹だったのもあって、一串分の四玉が瞬く間に消えた。

つづく二本目はあん団子。団子を包むこしあんがつやつやしている。

うたの目の輝きが増した。期待で胸が躍る。一度深呼吸をして心を落ち着ける。

「いざ…」

あむっと口に入れると、品の良い甘さのこしあんが口の中ですうっととけた。

目を閉じて、意識のすべてを味覚に集中させて余すことなく味わう。

「……っ、おいしい……っ！」

感極まるうたを見るシロが苦笑している。

「ほんと、甘いもの好きだよな」

うたは黙ってこくこくと頷きながら、あんの甘さと団子の程よい弾力を思う存分嚙み締めている。名残惜しささえ感じながら口の中のあんと団子を飲み込んで、うたは感嘆の声をもらした。

「すごい、こんなにおいしいあん、初めてかも……」

「そんなにか？」

「うん。品があってしつこくなくて、なのにあとを引いて……。うちのみんなにも食べさせたい。さすが刀京だわ。決めた、あした朝いちばんに買いに行く……！」

心に固く誓ううただ。シロは好々爺《こうこうや》のように目を細めながらそうかそうかと頷く。

みたらし団子とあん団子をきれいに食べ尽くしたうたは、満足そうに息をついて、竹皮と串に丁寧に手を合わせた。

「美味《おい》しゅうございました」

この団子と出会えただけでも、刀京に出てきた甲斐《かい》があった。

実はうたには、刀京でどうしてもかなえたいことがひとつある。だがそれは、責を果たしてからと決めている。

厨房で竹皮と串の始末をして、井戸の水で口をゆすいで手を洗う。あちこちにうっすら積もっている埃《ほこり》は、今日は見なかったことにした。

あしたから忙しくなる。今夜はしっかり眠ろう。

部屋に戻ったうたは、布団に入る前に窓枠に手をついて、本館の様子を窺《うかが》った。一階の一番端の部屋の明かりはまだ点《とも》っている。

その明かりをじっと見ていると、シロが後ろ足で立ち上がり、うたと同じように前足を窓枠にかけた。

庭に、咲き初《そ》めの大きな桜が生えている。川沿いにあったどの木よりも大きな、うっすらと邪気をまとった見事な桜。

うたは、そっと口を開いた。

「……ねぇシロ、どう思う？」

「どうって？」

「麟之助ぼっちゃんが、……化け物に、取《と》り憑《つ》かれているかどうか」

シロは渋い顔で唸る。

「さっきの様子を見た限りじゃ、そんなことはなさそうだけどなぁ」

うたはひとつ頷く。

「うたも、そう思う。でも……」

紛れもない事実がある。

奉公人たちが全員牧原伯爵夫妻の住む牧原本邸に戻されたのちに、この村の子供がふたり忽然《こつぜん》と消えているのだ。

茶店の女将の言葉が甦《よみがえ》る。

——牧原様の御子息は…禍《わざわい》を呼ぶんだよ……！

「………」

うたは眉間《みけん》にしわを寄せた。うたにはとてもそんなふうには思えない。

しかし、それとは別に、麟之助は何かを隠している。

「あのひと、何を抱えてるの…？」

四章

◇

◇

◇

ひとりの貴族がうたの故郷長峰《ながみね》村にやってきたのは数日前の昼下がりだった。

年の頃は五十前後。帽子を取った頭は白髪まじり。口ひげを蓄えたその人は洋装で、洗練された身のこなしが村人たちの目を引き、刀京から来たと聞いて誰もが得心した。

うたの祖母りょうを訪ねてきたその貴族は、奥でしばらく話をして、夜になる前に慌《あわ》ただしく帰っていった。

夕食後、うたは兄とともに祖母の部屋に呼ばれた。

兄とふたり、なんだろうと首をひねりながら伺うと、並んで座るよう促された。

「牧原伯爵《はくしやく》家のことは、知っているね?」

頷《うなず》く孫たちに、りょうは率直に言った。

「牧原伯爵の息子が化け物に取り憑かれたかもしれない。お前たち、もしそれが本当だったら引き剝《は》がしておいで」

「は?」

声をあげたのは兄の暁《あき》で、うたはほけっと口を開けて祖母の顔を見ながら、頭の中でぐるぐると考えていた。

牧原伯爵。伯爵ということは貴族。帝《みかど》のそば近くに仕えている偉い人だ。

その人の息子が、化け物に取り憑かれた、かもしれない?

「待ってください、おばば様。牧原伯爵って、あの?」

暁の胡乱《うろん》気な声に、うたは瞬《まばた》きをして、兄の着物の袂《たもと》をちょいちょいと引く。

「ねぇ兄様《あにさま》、あの、って?」

「聞いたことないか、魔鬼祓《まきばらい》の牧原家。魑《ち》魅魍魎《みもうりよう》から代々の帝をお守りする、破邪の血筋だ」

まきばらい、と呟《つぶや》いて、うたははっとした。

物心つく前から聞かされてきたある伝承が思い起こされる。

それは天と地の理《ことわり》と、理の外に在るモノたちの話。

この世には、相反する陰と陽の気が存在している。

国の頂点に君臨する帝の祈りは陽気の極みだという。

陽気が強ければ強いほど、それに惹《ひ》かれて陰気が集う。陰気が集って凝り固まれば、そこに魑魅魍魎がたむろし、精魅妖邪《せいみようじゃ》が現れ出《い》でる。

放っておけばそれらはやがて市井《しせい》に生きる人々を脅《おびや》かすようになるのだ。

千年以上昔、幽世《かくりよ》への道が開いて都に魑魅魍魎があふれるという変事が起きた。

その妖気は薬では治せない疫病《えきびょう》をもたらし人々を苦しめた。さらに、精魅妖邪の気に呑《の》まれた者が悪逆非道の限りを尽くし、都は荒れ果て、人々は生きる希望を失った。

事態を憂《うれ》えた帝は命がけで神に祈り、天啓を得た。

国一番の霊力を持つ女の髪をひと房、爪《つめ》をひとかけら、血を盃《さかずき》一杯分、溶かしこんだ鋼《はがね》で鍛えた刀に伝説の大妖《だいよう》の力を込めれば、最強の破邪の武器となる、と。

帝は近習《きんじゅう》に命じて国一番の霊力を持つ女を探させ、当代一の刀匠に鍛錬を命じた。

方々をめぐった近習が探し当てた女は、深山幽谷でひっそりと暮らす、ある神に代々仕える一族の年若い巫女《みこ》だった。

近習から懇願された巫女姫は、その美しく長い髪を自らの手でひと房切り落とし、左手の小指の爪を切り、手首に刃物を当てて盃に血を注いだ。

近習の持ち帰った髪と爪と血を託された刀匠は、これが生涯最後と誓いを立て、持てるすべてを注いで一振りの刀を鍛え上げた。

最後の仕上げに茎《なかご》に刻まれたのは、作刀した匠《たくみ》の名でも完成した日付でもなく。

「破」とただの一文字。破邪の破、破妖の破。

それを見た帝はその美しい刀に「一文字《いちもんじ》」の号を授け、刀匠にその号を名乗ることを許した。

そうして完成した刀に、さて伝説の大妖の力をいかにして込めるのか。

ここで名乗りをあげたのが、のちに牧原の名を帝から賜《たまわ》ることになる、魔鬼祓を生業《なりわい》とする一族の、若き頭領だった――。

そこまで思い起こして、うたは声を上げた。

「……て、えっ！　あの一族って、まだ生きてるの⁉　えええ！」

◇　◇　◇

窓枠に頬杖《ほおづえ》をついたうたは、祖母に頭をぱしっと叩《たた》かれたのを思い出して、苦いものを噛《か》んだような顔になった。

物心つく前から幾度となく聞かされた昔話だ。

そんな昔話に登場する一族なのだから、もう存在していないものとうたはすっかり思い込んでいた。

魔鬼祓の頭領は破邪の刀「一文字」を振るって魑魅魍魎をみな断ち祓《はら》い、都は救われた。その功績から魔鬼祓の頭領家は牧原の名を賜り、代々帝とその血族を守り、人に仇《あだ》なす化生《けしょう》のものを退治する役目に任じられたのだった。

しかしそれもいまは昔の話。

時が経《た》つにつれ、牧原の血の力は少しずつ弱まっていった。

いまでは牧原家に生まれても何の力も持たない者がほとんどだという。

そう、ほとんど、だ。魔鬼祓の力を持つ者がまったく出ないわけではない。

「……」

うたの目許《めもと》にほんの少し険がにじむ。

──あまりありがたくないことに、そういう血筋でね

彼の嫌そうな表情がまなかいに見えた気がした。

牧原の血を引く者の中には、いまでもごくごく稀《まれ》に先祖返りをした者が生まれる。

そうして、必ず神隠しに遭うのだそうだ。

うたは、闇夜《やみよ》に立つ桜を一瞥《いちべつ》した。

──か、み、か、く、し

桜並木の下で出会った子供たちの声音が、耳の奥にこだまして消える。

──カミカクシニアウノハコドモダケダ……

牧原麟之助の、月の光を溶かし込んだような髪が、うたの脳裏をよぎる。

あの言葉は、もしかして彼自身のことも含んでいたのだろうか。

神隠しに遭った者は大抵帰ってこないけれども、帰ってくる者もいる。

帰ってきた者の髪の色は月の光を溶かし込んだような銀色に転じ、性格もがらりと変わるのだという。

見た目と性格があまりにも変わるものだから、器は同じでも中身が化け物に入れ替わっているんじゃないか、と口さがない者などは噂《うわさ》するが、本当のところは誰にもわから

ない。

布団《ふとん》を持ってきてくれた麟之助の、月の光を受けて闇夜に浮かび上がる銀色の髪。

あれは紛れもなく彼が神隠しから帰ってきたという証《あかし》。

祖母のりょうから聞かされた。十二年前のある満月の夜、麟之助はこの邸《やしき》の庭で神隠しに遭い、ひと月後の満月の夜に突然現れたのだと。

誕生時には黒かった髪はすっかり銀色に変じ、誰に対しても屈託なく外で遊ぶのが好きな子供だったのに、人に会うことを嫌って部屋に閉じこもるようになったとか。

先祖返りをした牧原の子は神隠しに遭うと見た目と性格が変わる。

麟之助はそれに該当する。つまり麟之助は先祖返りした者で、いま存在している牧原の者の中で稀に見る強さの破邪の力を持っている、ということになる。

そこまで考えて、うたは妙なことに気がついた。

「……シロ、変じゃない？」

「なにが？」

うたは眉根《まゆね》を寄せて腕を組んだ。

「今日、ホールに倒れていた麟之助ぼっちゃん、邪気まみれだったわよね」

あまりにも邪気が強くて、一瞬亡骸《なきがら》と見間違えたほどだ。

しかし、よく考えるとそれはおかしい。神隠しに遭うほど強い牧原——魔鬼祓の者なら、あんな邪気や妖気など寄りつけないはずでは。

思いめぐらせていたうたは、ふっと息を詰めた。

「……おばけ……」

おばけやかたと呼ばれていると知った麟之助は、意外なほどこたえた様子を見せた。うたは、おばけやかたと呼ばれるくらい不気味な邸と思われていることにショックを受けたのだと思った。でも、もしかしたらあれは、自分がおばけ――化け物だと言われた、と思ったのではないか。

それに、麟之助が神隠しに遭ったのはこの邸の庭。

りょうの話では、麟之助がいなくなった際には村人たちも総出で探し回ったという。ならば、その後の顚末《てんまつ》も村中に知れ渡っていると考えていいだろう。

つまりだ。いまここに住んでいる牧原伯爵の子息が神隠しに遭った先祖返りの魔鬼祓だということを、村人たちは知っているということでは。

うたは、茶店の女将登美を思い出した。

――あのお邸の主《あるじ》は…いい噂を、聞かない
彼女の目にあった忌避。それはもしや、彼女だけのものではなく、村人たちすべてが等しく持っているものではないのか。

神隠しに遭って中身が入れ替わった化け物。

——……でも、違うんだ。本当はね、牧原伯爵様の御子息が、自分を食いにきたばけものに、代わりに差し出したんだ……

そこにあったのは、疑いではなく確信。

——牧原様の御子息は…禍《わざわい》を呼ぶんだよ……！

そんなふうに、麟之助がずっと陰で言われていたのだとしたら……。

「だから…？」

禍を呼ぶ、と。おばけだから。化け物だから。ずっとそんなふうに。

そうして、思い至る。もしかしたら、逆なのではないか。

閉じこもるようになったから口さがなく言われるようになったのではなく。

銀の髪を奇異の目で見られることが嫌で、中身が化け物ではないのかと疑われ忌避されるのが嫌で。それで。

うたは、もうひとつ気がついた。

奉公人たちが邸から追い出されたのは確か、一番目の神隠しが起きる直前。

——……なるべく早くここを出て郷里に戻れ、うた

どうしてあれほど頑《かたく》なにうたを郷里に戻そうとするのか。

目障《めざわ》りだから？　邪魔だから？

いいや、きっとそんなことはない。もしそうならもっと邪険にして、冷たくして、ひ

どい言葉でも浴びせて徹底的に傷つけて、夜中でも構わず逃げ帰るように仕向けるはず。寝具をわざわざ持ってきてくれるなんてこと、するはずがない。

――私はひとりで大丈夫だ
おそらく彼は知っていた。何かが起きることを。だから奉公人たちを全員この邸から出してひとりここに残った。

そして、三日月の晩に神隠しが起きた。半月の晩にも。

登美から聞いた話を思い返して、うたはふいにぞっとした。

三日月に半月。あの子供たちが歌っていた手毬歌《てまりうた》にそんな句があったような。

「たしか……みかづき、ゆみはり……じゅうさんや」

夢然《ぼうぜん》と呟いたとき、ずっと伏せていたシロが突然起き上がった。

同時にうたの視界のすみで黒い影が動いた。

はっと窓の外に目をやると、レンガ塀を乗り越えた人影がいままさに庭に飛び降りたところだった。

月明かりの下、侵入者はそのまま庭を突っ切って本館を目指す。

「あ……」

うたは目を瞠《みは》る。いつの間にか庭のいたるところに妖気が渦巻いている。中でも桜の根方の辺りが一番ひどい。

侵入者はそれに気づかず、桜の下をとおり抜けようとして渦の中に突っ込み、だしぬけに立ち止まった。

がくんと項垂《うなだ》れて両手がだらっと下がり、不自然な棒立ちになる。

「……っ」

窓に両手をついて息を呑んだうたが見ていると、渦巻く妖気が侵入者の全身を覆《おお》う。軽石に水がしみこむように、妖気が侵入者の体の中に消えていく。

渦が完全に入り込んだ途端、侵入者はうなだれたまま体を大きく揺らしながら本館に向かって駆け出す。奉公人専用の通用扉に妖気を叩きつけて押し破ると、転がるようにして邸内に飛び込んだ。

「シロ、行って！」

窓を開けざまうたが叫ぶとシロは無言でその横をすり抜けて飛び降りる。

うたも踵《きびす》を返して肩掛けを寝台に放ると、部屋を飛び出して階段を駆け下りた。

本館の中から物を壊すような激しい音と、獣さながらの唸《うな》り声が聞こえる。

通用扉から一階端に走ったうたは、妖気を放つ職人風の出で立ちの男が威嚇《いかく》の唸りを発しているのを見つけてはっと立ち止まる。

男の前にシロが立ちはだかっている。シロの後方にある扉が麟之助の作業部屋だ。

獣じみた咆哮《ほうこう》が男の口からほとばしる。それに低いうめきが重なって響く。

「……マキ……ハラ…」

そのうめきは、取り憑かれている男自身のものだとうたは直感した。

「マキハラ…カエセ……！」

振り絞るようなうめきが獣じみた咆哮に呑み込まれて、激しい妖気が男の全身から噴きあがる。

そのとき、シロの背後の扉が開いた。うたは慌てて叫ぶ。

「ぼっちゃん、出てきちゃだめです！」

月明かりだけの廊下に長身の影がゆらっと出てきた。

「りん……」

名を叫びかけて、うたは目を見開いた。

麟之助の目が、髪と同じ色に光っていた。

表情のない顔で侵入者を一瞥する麟之助の左手はあの刀を携えている。

「一文字……！」

うたは思わず声を上げた。牧原の、麟之助の守り刀。

銀の瞳《ひとみ》がぎらりと光って侵入者を射貫いた。そこにあるのは敵意。――否《いな》。

殺意、だ。

うたの耳の奥に祖母の声が甦《よみがえ》る。

牧原伯爵の息子が化け物に取り憑かれた――――。

まさか、本当に。

「――どけ」

麟之助はシロに冷たく言い放つと、足を踏み出しながら刀の柄《つか》を摑《つか》み、妖気に呑まれた男に突進する。

「だめ！」

うたが悲鳴のように叫ぶと同時に麟之助は抜刀し、掲げた得物《えもの》を袈裟懸《けさが》けに振り下ろした。

男の肩から腹を斜めに切り降ろした刃《やいば》の軌跡がはっきり見えて、うたは色を失う。

「…………！」

斬撃を受けて棒立ちになった男の口から断末魔の恐ろしい絶叫がもれ、そのまま屏風《びょうぶ》返《がえ》しにどうと倒れた。

小刻みに痙攣《けいれん》する男の肩から腹に走る傷からはおびただしい妖気があふれ出す。

男はかすかにうめくと、やがて動かなくなった。脱力した頭部がわずかに傾く。

事切れたように、見えた。

「……」

青ざめたうたはよろめき、壁に取りすがってずるずると座り込んだ。

漂ってきた妖気がうたに届くと同時に四散する。

刀を鞘《さや》に納めた麟之助の目が銀から黒に戻っていく。

「……りん…のすけ……さん…」

呼びかける声が震える。

「どうして……」

問答無用で斬《き》り殺してしまうなんて、いくらなんでもひどすぎる。

おむすびを食べてむせんでいたひとと、いま目の前で刀を持っているひとは、本当に同一人物なのか。

うたを見た麟之助が顔をしかめる。

「う……」

口を開きかけた麟之助は、いきなりばたっと倒れた。

「え……」

面食らったうたに駆け寄ってきたシロがはっと目を瞠り、倒れた男を鼻先で示した。

「うた、こいつ、生きてる」

「え!?」

見れば、さっきまで微動だにしなかった男が、小さくうめいて苦し気に顔を歪《ゆが》めているではないか。それだけではない。男の胸に刻まれた刀傷が月影によく似た色の輝きを放って徐々にふさがっていく。やがて、傷が完全にふさがるとともに光は消えた。

斬られたはずなのに、男の服には出血のあとも裂け目もなく、着古してくたびれた布の質感としわだけが残っていた。

「どういうこと…？」

困惑するうたの耳に、麟之助の小さなうめきが届く。

「……うう……う…た……」

うたは慌てて麟之助に駆け寄る。

「ぼっちゃん、しっかりしてください」

麟之助が摑んだままの刀を一旦預かろうと、うたが鞘に触れた、ときだった。

尋常ではない大きさと強さの妖力が激しく弾《はじ》けた。

「きゃあ！」

弾き飛ばされかけたうたの背後にシロが咄嗟《とっさ》に回り込む。シロの全身の毛がぶわっと逆立ち、白銀の光をまとった体軀《たいく》が変化する。

壁に叩きつけられるのを覚悟したうただったが、予想に反してやわらかい毛並みに受け止められた。

どんっと重い音が響く。

「っ！」

ぶつかった衝撃は少々あったものの、覚悟していたような激しい痛みはない。

目をつぶったうたは少し咳《せ》き込んだ。

「うた、怪我《けが》は」

「だい、じょうぶ」

背中からの問いに答えて、うたはよろよろと立ち上がる。

うたの横に白い大きな獣が並んだ。先ほどまでうたの膝《ひざ》程度しかなかった体高はいまやうたの肩に並ぶ。体長は三倍以上に伸び、月の光を受けてきらめく毛並みは白銀。

巨大な白銀の狼《おおかみ》の姿をした、人語を操る神獣。それがシロの本性だ。

「シロ……銀《シロガネ》は」

うたをかばって壁に叩きつけられたはずだ。

「どうということはない」

涼やかに答える琥珀色《こはくいろ》の瞳に頷いたうたは、転がっている刀と転がっている麟之助にそろそろと近づく。

月明かりの下で見る麟之助はひどく青ざめているようだった。だが、呼吸も脈も落ち着いている。どうやら気を失っているだけのようだ。

転がっている刀をシロがちょいちょいとつつく。さっきのような爆裂が起きはしないかと警戒したが、何ごともないと考えてよさそうだった。

「うたが触ったから、これを覆っていた妖気が散ったってことか」

シロの言葉にうたは愕然《がくぜん》とした。

「でも、麟之助ぼっちゃんはこれを守り刀だって……」

伝承通りであればこれは、はるか昔に作られて大妖の力が込められたという破邪の刀「一文字」。麟之助もこれを「一文字」と呼んでいたのだから伝承の刀と考えて相違ないはず。

「破邪の刀なのよ。なのにどうしてあんなに凄《すさ》まじい妖気が……」

わけがわからない。

うたの背後で小さなうめきが生じたのはそのときだ。

「……ぅ……」

うたとシロが振り返る。

麟之助に斬られて倒れていた男が目を開けた。呆《ほう》けた面持ちでのろのろと起き上がる。

だんだん頭がはっきりしてきたのか、表情が困惑のそれに徐々に変わっていく。

辺りを見回していた男は、うたとシロに気づくと激しく瞬《まばた》きをした。

「ここは……？」

男は激しく狼狽《ろうばい》して視線を彷徨《さまよ》わせる。

「……俺は……なにを……、っ」

自分の言葉で思い至ったのか、男は大きく目を見開き、唇をわななかせる。

にじり寄ってうたの両肩を強く摑み、男は悲痛な目で訴えた。

「俺の娘を…返してくれ…っ」

◇　◇　◇

二週間近く前、娘は不思議なことを言った。

夜の間中、奇妙な歌が聞こえていた、と。

それはとても低い声で。たくさんの人間の唸りのような、たくさんの獣が吠《ほ》えるような。幾重にもなって、乾いてひび割れて散り広がっていくような、ねっとりと迫って絡《から》みついてくるような。もしかしたら声ですらないかもしれない、異様な響きの歌だったらしい。

男は、娘は悪い夢でも見たのだろうと思った。近所の幼馴染《おさななじ》みたちと遊べばすぐに忘れてしまうだろうと気楽に考えた。

その幼馴染みたちがふたり神隠しに遭った。嫌な噂を聞いたが、まさかそんなと取り合わないようにした。

男は庭師で、伯爵邸の庭の手入れを毎月任されていたから、高賃金の仕事を失いたくなかったのだ。

おとといの朝も娘は同じことを言った。いままでより近くで聞こえたと、怯《おび》えたように青ざめた顔で。そして、いきなり泣き出した。

にしゅうかんくらいまえのゆうがたに、きもだめしでおばけやかたのにわのはなをつんできた、それできっとおこったおばけがさらいにきたの、あのうたはきっとおこったおばけがうたっている、と。

聞けば、敷地に入ったのは娘ひとりではなかったという。神隠しに遭ったふたりも一緒だったと。

男はぞっとしながら、娘をやんわりたしなめた。

あそこはおばけやかたなんかじゃない、貴族様のお邸で、いまは確かぼっちゃんが住んでいらっしゃる。明日一緒に謝りにいこう。なに、ちゃんと謝れば、きっと許してくださるさ。

しゃくりあげながら頷いた娘は早々と布団に入り、朝になったら消えていた。

血相を変えて娘を探し回った男は、近所の住人からこんな話を聞いた。

夜になると、牧原邸を覆うように灰色の霞《かすみ》が渦巻く。

村人たちはそれを恐れて、夕刻を過ぎた頃には近づかない。

しかし、どうしても邸の前を通らなければならないこともある。

隣村での会合が長引いて、夜半過ぎに戻ってきた男は、邸の前を恐々と歩いていた。

十三夜月は雲に隠れて、どんよりと暗い夜だった。

小さなカンテラを片手に足元を照らす。

男には少しだけ、妙なものが視《み》えるときがあった。本当に時々なのだが、体調なのか時期なのか、それともたまさか波長が合うからなのか。

明らかに人ではない、生きものですらないかもしれない、形容しがたいものが蠢《うごめ》く様を視界のすみに捉《とら》えてしまうときがある。

大抵は気づかないふりをしていればやりすごせるのだが、ごくたまにじっと様子を窺《うかが》われることがある。

気づいていることが気づかれたらまずいということだけはわかるので、そ知らぬふりをし通すのが常だった。

その日は運悪く、波長が合ってしまった。

壁の向こうに灰色の霞が立っている様がはっきり視えて、その中に蠢く影のようなものまでぼんやりと浮かんできて、ぞっとして思わず唾《つば》を飲み込んだ。

その、かすかな音が、おそらく聞こえたのだろう。

影が、一斉にこちらを向いた。

正面を見ている男の視界の片すみに、影が迫ってくる様子が映り込んだ。

平常心を装《よそお》って、歩調を変えないように細心の注意を払って進む男は、邸の門が少しだけ開いていることに気がついた。

なぜ開いているのか。一瞬だけ視線を動かした。

夜の闇の中に、白い影がぼんやり見えた。子供だ、と思った。白い夜着の子供、背中に届く長さの髪は女の子のものだと考えた。子供はゆらりゆらりと体を揺らしながら、灰色に煙る大きな桜に向かっていく。

そこで視線を道に戻した。門の向こうにたくさんの何かがいて、こちらを窺っているのが視えてしまったからだった。

そのまま何も見なかった顔を作って、自宅に戻った。入り口を閉めた途端吹き出した冷たい汗が背中を流れ落ちた。

激しく息を継いでいると、突如として戸を叩く音が轟《とどろ》いた。思わず肩越しに振り返る。戸の向こうにざわざわと音を立てる無数の何かが蠢く気配を感じて、男は震えあがった。

がたがたと揺れた戸板が少しだけ動き、隙間《すきま》から黒いものがぬらりと侵入してくる。

悲鳴を上げる事すらできずにそれを凝視する。

その刹那《せつな》、歌が聞こえた。


さだめてえとをひとめぐり……


低く野太い声が陰々と響く。

黒いものはするっと引っこみ、異様な気配が遠ざかっていく。

ひどく寒かった。寒さで朦朧《もうろう》とし、意識が薄れていく。男は小刻みに震えてうまく力の入らない手でなんとか戸を閉めると、その場に崩れ落ちた。

黒い影はあの邸の桜の根方に戻っていくのだろうと、なんの根拠もなく悟った。

そして、あの子供は桜に呑まれてしまったのだと、思った。

◇　◇　◇

男は顔を覆う。

「なんでもする、いるというなら俺の命をくれてやる、だから娘を、娘だけは返してくれ、頼む……！」

言葉を失ううたの傍らで、白犬の姿に戻ったシロが低く唸《うな》る。

「十三夜……」

三日月、弓張、十三夜。

神隠し。消えた子供は三人目。

うたの胸の奥で鼓動《こどう》が跳ねる。

手毬歌はこうつづく。

おにのまるるもちのつき。

倒れた麟之助を一瞥した刹那。

――カミカクシニアウノハコドモダケダシ、ドウセアトイチニチダ彼が紡《つむ》いだ言葉が脳裏をよぎって、うたは戦慄《せんりつ》する。

あといちにち。――望《もち》の月まで、あと、一日。

「…鬼に…呑まるる……望の月……」

望月は明日。

「なにが……起きるの…？」

呆然としたうたの呟きに、どこかから流れてくる低い声が重なる。

さだめてえとをひとめぐり
いやひさかたのはるがすみ
みかづきゆみはりじゅうさんや
おににのまるるもちのつき
あがぬしさまのおぼしめし
うつしきものよいざたまえ

五章

◇

◇

◇

真都の郊外にある別邸に牧原麟之助が初めて連れてこられたのは、九歳の春のことだった。

三歳離れた兄が数日前にひどいはやり風邪を患《わずら》った。

もともと丈夫ではない兄の病状は深刻だった。母がつきっきりで看病している一方、父は麟之助を連れてこの別邸に移った。父と麟之助にはやり風邪が伝染するのを防ぐためだ。

父の牧原伯爵《はくしゃく》とともにやってきた別邸は、本邸より広い庭に大きな桜の木があって、咲き初《そ》めの花が風に揺れていた。

牧原伯爵は急な用事で出かけていき、奉公人たちは邸《やしき》を整えるためにせわしなく動き回っている。

守り役の爺《じい》に庭にいると告げた麟之助は、広い庭を歩き回った。

本邸の庭より木が多く、大きな池には鯉《こい》もいた。兄のはやり風邪が治ったら一緒に遊びたいと思った。

その日はたまたまあたたかい陽気だったが、陽が落ちるとぐっと冷え込んできた。

東の空に昇ってきた月は真ん丸で、紫から暗い藍色《あいいろ》に染まる空に、やけに大きく見えた。

そろそろ片付けや掃除も済んだだろうし、夕食の支度もできるだろう。

爺が呼びに来る前に戻ろうと踵《きびす》を返したときだった。

冷たい風が吹いて、うっすらと白っぽい靄《もや》を運んできた。

麟之助はぶるっと震えた。靄が立ち込めて視界が不明瞭《ふめいりょう》になっていく。藍色の空が灰色に煙り、なのに真円の満月ははっきりと見えるのだ。

麟之助は来た道を戻ろうとした。広いとはいっても庭の中だ。来た道を逆に進めばあの大きな桜の下を抜けて本館に行きつく。

しかし、どうしたことか。歩いても歩いても、桜がつづくばかりで本館も奉公人たちが寝起きしているという別館も見えない。

思わず立ち止まって辺りを見回した麟之助は、ふと気がついた。漂っている靄が奇妙な赤みを帯びている。

そして、風が吹くたびに色濃くなっていく靄とともに、どこかから幽《かす》かな歌が運ばれてきた。

さだめてえとをいくいくと
いやひさかたのはるがすみ
世界に赤みが増していく。
みかづきゆみはりじゅうさんや
おににのませるもちのつき
麟之助は月を仰いだ。皓皓《こうこう》としていた月が赤みを帯びて、左側から欠けていく。
あやにあやにうただのし

とこよのものよいざよばえ

刹那、麟之助の足元に丸いものがぽんと転がってきた。

はっと見れば、赤みを帯びた光を受けてころころと転がるそれは、真っ黒な毬《まり》だ。

毬は麟之助の爪先《つまさき》に当たって跳ねると、靄の中で揺れる桜の根方に弾んでいく。

ふいに、太い幹の向こうに黒い影がゆらっと揺れたのが目に飛び込んできた。

気づけば靄の向こうに様々な形や大きさの幾つもの影がいて、くねくねと踊りながら蠢《うごめ》いているのだった。

また、麟之助の足元に毬が跳ねてきた。

麟之助が足を退くと、後ろに転がったはずの毬が跳ね返ってきた。振り返った麟之助は、奇妙に枯《か》れ木じみた細い手足をくねくねとたなびかせるように動かす影が、じわじわ迫ってくる様を見た。

ひっと息を呑《の》んで後退《あとずさ》る。その足元にまたもや毬が跳ねてくる。

さだめてえとをいくいくと
いやひさかたのはるがすみ

甲高く澄んだ子供の声が紡ぐそれに合わせて、てんてんと毬をつく音がする。

麟之助は、歌のするほうにおそるおそる目をやった。

赤みを帯びた月影よりも赤い衵《あこめ》をまとった童女《わらわめ》が、真っ黒な毬をついて歌っている。

毬をつくたびに揺れる童女の振り分け髪は、見たことのない白銀。

てんてんと音を立てる毬の周りに灰色の靄がまといついて躍る。

あやにあやにうただのし
とこよのものよいざよばえ

童女が両手で毬を摑《つか》み、おもむろに麟之助を見る。

眼窩《がんか》は望月のように青ざめた銀。瞳孔《どうこう》のない白銀の目。

赤い唇が笑みの形に歪《ゆが》み、静かに開く。

「よう参った」

童女は小首を傾《かし》げながら毬を差し出す。

「遊んでたもれ」

童女と麟之助を囲んだものたちがきゃらきゃらと嗤《わら》う。

声も出ない麟之助の背後に迫ってきた影が、覆《おお》いかぶさるように見下ろしてくる。

きゃらきゃらと嗤う影。けたけたと嗤う影。くねくねと踊りゆらゆらと舞い、童女と麟之助を取り巻いてくるくる回る灰色の靄。

赤い月が欠けていく。大きな口に呑まれるように欠けて、赤く暗く陰って、灰色だった靄は血のような色に染まり麟之助の世界を覆う。

黒い毬が転がってくる。爪先に当たった毬が跳ねて、麟之助はふっと瞼《まぶた》を落とした。くずおれる手に足に体に、細くて固いものがたくさん絡《から》みつくのを感じた。

枯れ草を踏む音が近づいてくる。そして。

「遊んでたもれ。吾《あれ》と遊んでたもれ。のう、まきはらの、……の、子や」

澄んだ可愛《かわい》らしい声が耳元でささやいた。

赤い靄の中に歌が響く。

透き通った幼い声が。

さだめてえとをいくいくと

いやひさかたのはるがすみ

みかづきゆみはりじゅうさんや
おにのませるもちのつき
あやにあやにうただのし
とこよのものよいざよばえ

遠のいていくその澄んだ声に、重なって響く、野太く重い幾つもの唸り。

さだめてえとをひとめぐり
いやひさかたのはるがすみ
みかづきゆみはりじゅうさんや
おにのまるるもちのつき
あがぬしさまのおぼしめし
うつしきものよいざたまえ

あがぬしさまのおぼしめし
うつしきものよいざたまえ

◇　◇　◇

倒れた麟之助は、名を呼んでも揺さぶっても一向に目を覚ます気配がなく、仕方なく一階端の作業部屋に運んだ。

麟之助の近くに置いておいて良いものか少し悩んだが、一文字は作業机の横の刀台に収めた。下手に見えないところにあるよりは、目を配れる場所に置くほうがいい気がしたのだ。

長椅子《ながいす》に横たわった麟之助は苦悶《くもん》の表情を浮かべて、時々うなされている。

邪気の憑依《ひょうい》からとけた男は娘を返せと泣き叫んでいたが、徐々に血の気を失い、やがて昏倒《こんとう》した。邪気に精気をごっそりと削《そ》がれて、意識を保っていられなくなったのだろうと推察された。

おそらく目を覚ましたときには自分がやったことを何ひとつ覚えていないだろうし、ここで起きたことも忘れているだろう。

倒れた男はシロが運び出していった。シロは鼻が利《き》く。においをたどれば男の自宅を容易に探し出せる。

戸口の前に転がしてくると言っていたが、口だけでそんなことはしないとうたにはわかっている。

シロは、銀《シロガネ》は、恐ろし気な見てくれに似合わず優しい気性の持ち主なのだ。きっと風の当たらない安全なところに男を横たえて、誰かが気づいてくれるまで物陰から見張るに決まっている。

夜半を過ぎて朝の気配が濃くなっていくのを感じ、うたは少しだけ肩の力を抜く。

夜の間は陰のものたちが活発に動くため、どうしても邪気が強くなる。

朝日が射《さ》せばそれらはそれらの世界に退いていく。あの世とか、幽世《かくりよ》とか、常世《とこよ》と呼ばれるところに。

月はもう空にない。シロもそろそろ戻ってくるだろう。

一度別館に戻って夜着の浴衣《ゆかた》から木綿の着物に着替えて簡単な身づくろいを済ませたうたは、長椅子の近くに移動させた丸椅子に腰かけた。作業をしていたときに麟之助が座っていた椅子だ。

じきに夜が明ける。瞼が重い。

「…………」

いつの間にか、うたはうつらうつらとしていた。

「………、…っ」

かくっと前にのめりかけ、はっと目を開く。

「あ、いけない」

額に手を当てて軽く首を振る。落ちそうになる瞼をぱしぱしまたたかせ、ふと視線を動かすと、自分を見上げてくる瞳《ひとみ》とかち合った。

「ぼっちゃん、よかった」

うたはほっと息をつく。

「ぼっちゃんはやめてくれ」

不服そうな言葉に思わず笑いそうになって、うたははっと目を見開く。

「待ってください、いつ目を覚ましたんですか」

「……少し前」

ということは。

うたは思わず両手で顔を覆った。

「ずっと見てたんですか⁉」

「ずっとでもない」

「見てたんですね⁉」

「…………」

ついと目を逸《そ》らして答えない麟之助を睨《ね》めつけたうたは、彼の瞳を確かめるように凝視する。黒い。だが、昨夜は確かに銀色に輝いていた。

うたの抱いた疑念に気づいたのか、麟之助は軽く息を吐き出すと諦《あきら》めたように口を開いた。

「……あの金平糖、もらえるか」

「……どうぞ」

袂《たもと》から巾着袋《きんちゃくぶくろ》を出し、身を起こした麟之助に渡す。

手のひらに出した金平糖をがりがりかじった麟之助は、あっという間に袋をからにしてしまった。

可及的速やかに祖母に電信を打って追加の金平糖を送ってもらおうと決意するうたに、麟之助は申し訳ないという顔で、からになった巾着袋を差し出した。

「おかげで少し楽になった」

しかし、麟之助の頬は青白く、疲労の色が随分濃く見えた。牧原の守り刀である一文字を振るうと気力も体力も相当消耗すると察せられた。

うたは巾着袋を受け取って袂にしまう。

「それはようございました」

これは本心だ。金平糖の甘さは疲労を少し回復させて、すり減った心を癒《いや》してくれる。

魔除《まよ》けのヨモギの効力もある。

鱗之助は言葉を探すように視線をあちこちに彷徨《さまよ》わせて、眉間《みけん》にしわを寄せながら口を開いた。

「……その、昨夜は」

「はい」

「何があったか、聞かせてもらえないか」

「…はい？」

「つまり、……覚えていない」

「はい……？」

思わず胡乱《うろん》気に返してしまった。

まじまじと見つめるうたに、鱗之助は弱り果てた面持ちで言葉を継いだ。

「夜中までここで仕事をしていた、それは覚えているんだ」

鱗之助がついと作業机を一瞥《いちべつ》した。机上に広げられた藍色の布が少し盛り上がっている。布の下に何かある。

「仕事、ですか」

そういえば、鱗之助は何をしていたのだろう。背を向けて手元で何かをしていたのは覚えているが。

麟之助の手は荒れてざらざらだ。洗っても取れないほど、汚れが薄く染《し》みついてしまっている。貴族の子弟らしからぬ、働く者の手。

「見ても？」

麟之助は頷く。布をはらりとめくると、繊細な意匠のかんざしが数本現れた。

うたは目を瞠《みは》った。

「きれい……」

感嘆のため息がもれる。玉かんざしや結びかんざし、平打ちかんざし。どれも実に美しい。

中でもうたの目を引いたのは銀の平打ち。円形の枠の中に精緻な透かし彫りの桜。枠につけられた白藍《しらあい》色の房と、細い鎖に淡紅色の花が大小三輪咲いて、朝露めいた銀の雫《しずく》が揺れる。なんとも可憐《かれん》で繊細な造りだ。

「素敵……こんなかんざし、見たことない……」

うたがいま髪に挿しているかんざしは簡素な麻の葉の意匠で、この桜のかんざしのような華やかさは皆無だ。うたも、家族たちも、おそらく郷里の者たちも、こんなに華やかで品のいいかんざしは持っていない。

「え……、これ、麟之助ぼっちゃんがお造りに？　本当に？」

信じられなくて何度も訊《たず》ねてしまうほど、素敵な細工だった。

「……伯爵家のご子息が、どうしてそんな職人技を……」

思わず口をついて出たのは素直な疑問。

牧原伯爵家は本邸と別邸以外に地方に別荘も所有し、国内外で商売をして莫大な財を築いていると聞いている。伯爵位を継ぐのは長男だが、次男である麟之助にもそれなりの財産が与えられるはずだ。なのになぜ労働を。

するとと彼は苦いものを含んだような顔で口を開いた。

「家族たちといられなくなったから」

「え……」

困惑するうたに麟之助は淡々と語った。

神隠し以降、守り刀の一文字は蔵から出され、麟之助の手元に置かれるようになった。二度と危険な目に遭わないようにという牧原伯爵の思いからだった。

が、それが思いもよらない事態の引き金となる。

この現世《うつしよ》に戻ってからというもの、麟之助のもとに昼といわず夜といわず、異形のものが集まってくるようになったのだ。

神隠しに遭っていたひと月の間、麟之助が囚《とら》われていたのは、あの世とも、幽世とも、常世とも呼ばれるところだったのだと思われる。

彼はそこで変容をした。

戻ってきた麟之助は、それまでとは段違いの霊力を発現した。かつて一文字を振るったという魔鬼祓《まきばらい》の頭領もかくやというほどの力を。

そしてそれに呼応するかのように、長年沈黙していた一文字が、時折震えて刀気をこぼすようになったのだ。

一文字の刀気。それは刀身に封じられた大妖《だいよう》の放つ妖気の欠片《かけら》でもあった。魑魅魍魎《ちみもうりょう》や精魅《せいみ》妖邪《ようじゃ》は、強い妖気を感知すると寄り集まってくる。強い妖気を食えば、食った分だけ自身の力が増すからだ。相手が尋常でないほど強ければ逆に取り込まれることもあるのだが、だからといってはじめから回避することはしない。

麟之助のもとに集まってくるものたちは、やがて牧原の名と血を持つ彼の家族たちにもまといつき、干渉しはじめた。

本邸のあちこちにひそむ化け物たち。邪気や妖気がいたるところに漂い、常に気持ちがふさいで体が重く眠れば悪夢にうなされる。

父や兄はみるみるうちに痩《や》せた。牧原の血を引いているわけではない母は邪気に抗する力をまったく持たないため、瞬《また》く間《ま》に消耗してほどなく倒れてしまった。

奉公人たちも皆大なり小なり不調をきたし、当然のことながら麟之助も寝付いたまま動けなくなった。

化け物たちがこんなに集まってくるのは、ここに自分がいるからだ。自分といると両親も兄も奉公人たちも苦しめることになる。

そう悟った麟之助は、父に頼みこんでこの別邸に移り住んだ。幼い麟之助をひとりにさせられないと、不調をおしてついてきてくれた数名の奉公人たちとともに。

魔鬼祓の守り刀一文字を別邸に移動させたのは麟之助の判断だ。一文字は化け物を呼んでいる。おそらく自身の養分とするために。

いまの牧原家に一文字を扱えるだけの霊力を持つ者は麟之助しかいない。麟之助のいない本邸に一文字を置くのは危険すぎた。

麟之助は思った。家族たちのもとには二度と戻れないだろうと。

さらに、もっと遠くに離れたほうがいいかもしれないとも考えた。

そうして、決意した。離れるなら、いっそ完全に縁を切って行方をくらませて、自分の力だけで生きていけるようになろうと。

そこで、稼ぐため手に職をつけようと思いたったのだ。

手先が器用だった麟之助は、父が懇意にしていた金工師に頭を下げて弟子入りした。刀装具や装飾品を手がける金工を選んだのは、妖怪や物《もの》の怪《け》は金気《かなけ》を嫌うと聞いたことがあったからだった。

少しでも化け物を遠ざけたくて選んだ金工だったが、やってみるとこれがなかなか面白かった。

寝る間も惜しんで励んだ結果、三年で独り立ちすることができた。通常はもっとかかるものなのだが、実に幸いなことに麟之助は才能に恵まれていたらしい。師匠の金工師も感心していた。

それからは邸に籠《こ》もってひたすら製作に明け暮れた。彼がほとんど邸から出なかったのは、実はずっと金工師として仕事をしていたからだった。

そんな麟之助だったが、あのひと月のことを、常世のことを、忘れることはなかった。忘れたかったが、忘れることはできなかった。

鏡を見れば銀色の髪が目に飛び込んでくる。ごくたまに必要に迫られて外出すれば、銀色の髪を見た人々が顔を歪めて声をひそめる。

そして何より。

「……春になると、歌が聞こえるんだ」

麟之助は窓の外に視線をやった。その目はここではないどこか遠くを見ているようだ。

「桜の季節になると、どこからか歌が……」

それは、春の、桜が咲く頃の新月の晩にはじまるのだという。

灰色の霞《かすみ》が生じる。金気に囲まれているおかげで妖異や物の怪が寄ってくることは少なくなったが、この時だけは別だ。邪気と妖気が風にのって流れてくる。邸が強い妖気に囲まれて、厚く覆われる。

そして、いずこからか響いてくる歌声。

それはごく小さく、ひそかな響き。しかし、野太く幾つも重なっている。まるで邸の四方をぐるりと囲んでいるかのごとく、あらゆる方角から聞こえる。

「歌……」

うたの声はかすれ気味だ。確かめなくてもわかる。聞こえるというのはきっとあの手毬歌だ。

「化け物の影が、あちこちに湧《わ》き出《い》でて」

その光景が見えているのか、麟之助の目はここではないものを追っている。

毎年毎年、新月の晩からはじまって、歌声が近づいてくる。それとともに、強い力を持った妖異や精魅が村中を徘徊《はいかい》し、それらの放つ邪気や妖気があちこちに渦巻いてわだかまる。

そして。

「…………常世から漂ってくる霞で、村の弱い者が、命を落とす」

麟之助の、感情を殺した言葉が重く響いた。

うたは息を詰める。背筋に冷たいものが伝った。

「妖異に取り殺されたとか、襲われたとかいうわけじゃない。ただ、強い妖気や邪気は人を蝕《むしば》むだろう。病人や年寄りが、この時期に必ず、三人……」

うたは瞑目《めいもく》した。三日月と、弓張月と、十三夜、だ。

そうして、望月《もちづき》の晩にはこの別邸に化け物たちが大挙して現れる。

「化け物が来ると、一文字が震えて、歌うんだ」

「歌う？」

「ああ。歌う。ほかの者には聞こえていないらしいんだけど、私には聞こえる。一文字が歌い出して……そのあとは、覚えていない」

気づくと夜明けに近い頃。庭にいて、一文字を摑んでいる。

周りには息苦しいくらいの邪気が満ちているが、それも徐々に消えていく。

一文字の刀身に吸い込まれていくのだ。

鞘《さや》は大抵近くに転がっていて、草木がなぎ倒されて土が荒れている。相当な激闘が為《な》されたのだろうと推察できる。が、何も覚えていない。

「たぶん、一文字が、私を使って化け物を狩っている」

意識が戻ると、いつも体力を消耗しきってろくに動けなくなっている。おまけにずっと妖気にさらされた体は精気を極限まで削がれており、高熱を出して数日間生死の境をさまようのだ。

「狩って……？」

怪訝《けげん》そうなうたに、鱗之助は気がついた顔で言葉を継ぎ足した。

「一文字には恐ろしい大妖が封じ込められているんだ。うちでは一文字を破邪の妖刀とも呼んでいる」

毎年繰り広げられる一文字の化け物狩り。麟之助の知る限り目撃者はいない。奉公人たちは誰ひとりとして妖異たちの歌を聞いたことはない。夜半前から朝まで、何が起こっても誰も目覚めることがなく、その間のことは誰も何も覚えていないのだ。

「ただ……ここに私が来てから、毎年春に必ず、弔いが三度、あるから……村の者たちは私を忌《い》んでいる」

そう呟《つぶや》いた麟之助の寂しげな横顔に、うたの胸はひどくきしんだ。

茶店の女将《おかみ》登美の言葉が脳裏をよぎる。

――牧原様の御子息は……禍《わざわい》を呼ぶんだよ……！

禍。村の者たちにとっては確かにそうなのだろう。

彼が直接の原因ではなくとも、彼の血に引き寄せられた妖異や精魅や物の怪が、弱い者たちを死に至らしめているのだから。

「私があの常闇《とこやみ》の森から帰って来られたのは、たまたま運が良かったからだ」

神隠しに遭った牧原の子は、ほとんど戻ってこない。あの常世で、常闇の森で、ほどなく精気を失って朽ち果ててしまうのだろうから。

だが、麟之助は死ななかった。その代わりのように、ひと月の間に髪の色が銀色に変わった。あの童女《わらわめ》と同じ色に。

遠い遠い昔の血が目を覚ましたおかげで生き延びた。

現世《うつしよ》に帰してやると言われた。死ななかったから。ひとめぐり世俗にまみれておいでと、無邪気に笑っていた。

そう、ひとめぐり、だ。

「……さだめてえとをひとめぐり」

麟之助が小さく紡ぐ。あの手毬歌だ。

あの歌が聞こえてすぐに、麟之助は奉公人たちを本邸に下がらせた。

月が満ちるまでの間やり過ごし、望月の夜に大挙して押し寄せるだろう化け物たちを狩る。

今年こそは、一文字に使われるのではなく、己れの意思で化け物と対峙《たいじ》しようと思った。力を貸してくれと一文字の中にいる大妖に乞《こ》うた。が。

思ってもみないことが起きた。

「神隠しが、起きた」

三日月の晩に村の子供が消えた。弓張月の晩にも消えた。そして、十三夜にも。

これまで、歌が聞こえても、化け物の影があちこちに湧いて出ても、それらは徘徊して邪気や妖気をまき散らすだけで、直接何かを仕掛けられることはなかった。

それが、今年は違った。

三人の子供が消えて、歌は毎晩繰り返される。

「今年だけ……どうしてそんな……」

呟いたうたは、物言いたげな麟之助の目を見てふっと息を呑む。さっき彼が口にしたではないか。

「……さだめてえとを…」

茫然《ぼうぜん》と紡ぐと、麟之助は静かな面持ちで一度目を閉じた。

「あの森の…常闇の童女は言った。ひとめぐり世俗にまみれてこいと。ひとめぐりとは……そういうこと、なんだろう」

十二年経《た》ったから、麟之助を連れに来る。

うたの脳裏にあの手毬歌が響く。

定めて干支《えと》を一巡り（お前を狙い定めてから干支がひとめぐりした）
いや久方の春霞（いよいよ待ちかねた春霞の頃だ）
三日月弓張十三夜（三日月と弓張月と十三夜の月の晩を経て）
鬼に呑まるる望の月（鬼に呑まれる望月の夜がくる）

吾《あ》が主様の思し召し（我らが主《あるじ》の望みに従い）
現《うつ》しき者よいざ給え（現世に生きる者よ、さあ来るがいい）

歌の意味が解き明かされて、うたは戦慄《せんりつ》する。

「じゃあ、神隠しに遭った子供たちは……」

「……たぶん…私への警告、だろうな。逃げるな、と」

逃げれば子供たちは帰ってこないぞ、という恐嚇《きょうかく》。

神隠しに遭うのが子供だけなのは、この世とあの世を行き来しやすい存在だからだ。

「私が抗《あらが》わなければ、子供たちはきっと帰ってこられる」

そんな、とうたは呟く。そんな確証がどこにあるというのだ。

すると麟之助は、複雑な面持ちでぼそぼそと言った。

「人質をむざむざ死なせることはないだろうし、私がい…」

言いさした麟之助はぱっと口を押さえた。失言したと、彼の目が語っている。

うたは瞬きをした。

「……麟之助ぼっちゃん、いま、なんて」

「いや、何でもない」

「まさか、化け物と、取り引きをなさるおつもりですか。自分が常世に行く代わりに子供たちを解き放つようにって……」

鱗之助が目を逸らす。うたは眉《まゆ》を吊《つ》り上げた。

「いけません！　取り引きなんて、だめです！　十二年前、せっかく生きて帰ってこられたんじゃありませんか、それなのに」

詰め寄るうたに、鱗之助は苦い顔で薄く笑う。

「帰ってきて、それで何が起きた？　私がいると化け物が寄ってくる。禍を呼ぶ」

銀色の髪になった鱗之助が生きているだけで、大切な家族や仕えてくれる奉公人たち、何の罪もない近隣の村人たちに害が及ぶのだ。

「ですが……そう、そうです、ぼっちゃんには守り刀があるじゃありませんか。一文字はぼっちゃんの守り刀なんでしょう？　あれで化け物を退《しりぞ》けてしまえば」

鱗之助は台に立てかけられた一文字に視線をやった。

「――たぶん、一文字はもう、私を守らない」

思わぬ言葉にうたは瞠目《どうもく》する。

「三日月の晩に神隠しが起きて以来、私がどれほど妖気や邪気にまみれても、一文字は歌わない」

うたは息を詰めた。思い出す。昨日ホールに倒れていた鱗之助は亡骸《なきがら》と見間違うほど邪気にまみれていた。

うたは首を振る。

守り刀の一文字が、牧原の子である麟之助を守らないなんて、そんなばかな。

「……でも、でも、一文字はゆうべ、妖気に取り憑かれた村の人を斬《き》り伏せました」

麟之助の銀色に光った瞳がうたの脳裏に浮かぶ。

一文字は村人に取り憑いた邪気を斬り伏せた。それは麟之助を守るためでは。

「その村人は?」

「……斬られました、けど……傷が消えて。シロがいま、自宅に運んで……」

麟之助は息をつく。

「なら、一文字は、向けられた敵意と妖気に反応したんだな」

「そ……」

とっさの言葉をうたは呑み込む。たぶん、彼の言う通りなのだ。

一文字に操られていた――と言っていいだろう――麟之助は、脇目《わきめ》も振らず村人を一打ちにした。村人からあふれ出た妖気はうたが生来持つ力で消散した。

その後倒れた麟之助も一文字も、凄《すさ》まじい妖気に覆われていた。うたが触れたために妖気は爆散したが、うたがいなかったらあのままだっただろう。

青ざめるうたに麟之助はひとつ頷《うなず》く。

「一文字は、斬り倒した化け物や化生の妖気を食らい、破邪の力に変えるんだ。使い手を守るために、な」

昨夜の一文字はそれをしなかった。麟之助を守る意思を見せなかったということ。

「わかっただろう？　……郷里に帰れ、うた。ここにいたら、巻き込んでしまうかもしれない」

そう言うと、麟之助は痛みを堪《こら》えるような顔で唇を引き結ぶ。

うたは両手をぐっと握りしめた。

「……うたは、麟之助ぼっちゃんにお仕えするために刀京に参りました」

「親父《おやじ》殿には私から言っておく。……そうだ。せっかく刀京に来たんだ、やりたいことはないのか？」

「そ……あるには、あります。でもそれは」

「そうか。なら、私のことはいいから」

「いいわけがありません」

「もう、いいんだ」

すっと麟之助の表情が消えた。

堪《たま》らなくなってうたは言い募る。

「ぼっちゃんのことは、うたが、お守りいたします。ですから」

麟之助は瞑目して頭を振り、立ち上がった。

「残りの仕事を片づける。朝餉《あさげ》はいらない」

残りの仕事。うたには、最後の仕事、と聞こえた。

向けられた背中は、もう何も言うなと告げている。

うたは、両手を握り合わせて唇を嚙《か》み、作業部屋を後にした。

六章

◇　◇　◇

兄の暁《あき》が足を折ったため、うたはひとりで刀京に向かうことになった。

祖母は渋面《じゅうめん》で額を押さえている。頭が痛むのかもしれない。

ため息をついたりょうが顔を上げたので、うたは居住まいを正した。

「こんなことになった以上、仕方がない」

「はい。うたはひとりで刀京に参ります」

言いながら、覚悟すると同時にうたの心はひそかに浮き立った。

国の都、刀京。郷里にないものがあふれているに違いない。

「……うた、お聞き」

「っ、はい、聞いてます」

まだ見ぬ刀京に思いを馳《は》せていたうたは、慌《あわ》てて返事をした。うまく誤魔化せたかと思ったが、祖母にじとっと睨《ね》めつけられてしおしおと項垂《うなだ》れる。

「ごめんなさい、考え事をしていました」

正直に謝って、うたはしゃんと背筋をのばす。

「いいか、うた。牧原伯爵《はくしゃく》様は、守り刀を一振り乞《こ》う、と仰《おお》せになった」

うたはその言葉に目を瞠《みは》った。

「え……あの、でも」

牧原家には、はるか昔から守り刀の「一文字」があるはず。

困惑するうたにりょうは繰り返す。

「守り刀を一振り乞う。我が息子麟之助のための一振りを」

そこで言葉を切ったりょうは、きれいに結いあげた白髪に挿していたかんざしを引き抜いて、うたに手渡した。

麻の葉の意匠が施された一本差しは、直刀の形の特別誂《あつら》えだ。

「だが、いくら伯爵様の頼みとあっても、こればかりはおいそれと応じられるものではない」

うたは黙ってりょうを見つめた。

「守り刀の一文字に、主《あるじ》はひとりだけだ。——うた」

祖母が何を言おうとしているのか、うたにはもうわかっている。

「牧原麟之助が守り刀を得るに相応《ふさわ》しい人物かどうか、よくよく見極めておいで」

祖母のかんざしを自分の髪に挿して、うたは畳に両手をつき頭を下げた。

「承知いたしました」

「うん。……これは駄目だと思ったら、とっとと帰ってくるといい」

笑みを含んだ声に、うたは上目遣いに祖母を見て、少しだけ笑った。

◇　◇　◇

もうじき日が暮れる。

うたはシロとともに電停の待合の椅子《いす》に座っていた。

「……どうしたもんかね」

シロがため息をつく。

においをたどったシロは、村人の自宅をすぐに探し当て、戸口の前に横たわらせた。家族か近隣住民が男を見つけてくれるのを待ち、無事に介抱される姿を見届けてから牧原家別邸に戻ると、うたが泣くのを我慢した顔で玄関の掃除をしていた。

玄関とホールの掃除を済ませると、うたはシロとともに昨日の礼を述べに登美の茶店に向かい、少し話をした。そのあと食材を買い出しして、邸《やしき》に戻って昼餉《ひるげ》の支度。

おむすびを食堂に用意したうたは作業場の麟之助に声をかけた。が、閉ざされたままの扉の向こうからいらないとすげなく言われて、しおしおと肩を落とした。

食堂のおむすびには乾かないように布巾《ふきん》をかけて、うたは厨房《ちゅうぼう》でつましい昼餉をすませた。

本館は広く、ひとりで掃除をするのはかなりの時間を要する。

麟之助の作業場をのぞいた一階のあらかたを掃除し終えた頃、疲れ切った顔の麟之助が風呂敷《ふろしき》包《づつ》みを手に作業部屋からようやく出てきた。

麟之助はふらふらと食堂に向かい、布巾をかぶせた皿を見つけると、風呂敷包みを卓に置いて席についた。疲労困憊《こんぱい》を絵にかいたような様相で布巾を取り払い、冷えたおむすびを黙々と食べる。

それを見たシロは、いらないはいらないでもいまはいらないだったのか、と呆《あき》れた。

おむすびをたいらげた麟之助は、いまにも倒れそうな様子でうたに言った。

『夕方商会の者が電停に来る、渡してきてくれ』

鱗之助のかんざしを扱っている商会の本社は京央区にあり、いつも牧原家別邸の最寄りの電停まで商会員に取りに来てもらうのだそうだ。

本来は職人が納品に行くものだが、そこは鱗之助の事情を考慮してのことらしい。

「……」

うたは、膝《ひざ》に置いた風呂敷包みを見つめた。文箱《ふばこ》程度の箱を包んだ風呂敷は紫色の正絹《しょうけん》で、肌触りがとても滑らかだ。箱はあの桐材《きり》のものだろう。

鱗之助のかんざしは本当に見事な出来栄《できば》えだったから、それを収める箱も包む風呂敷も質の良いものが相応しい。

商会員が来るのは夕方ということだったが、まだそれらしき人物は姿を見せない。

待っている間、うたはシロに鱗之助から聞かされた話を伝えた。シロはそれを黙って聞いてくれた。

下りの路面電車が停車した。降車する乗客はいない。

「この次の電車かしら」

うたは、商会員がこの電停に来るのは夕方としか聞いていない。

今日の電車は上りも下りも残りあと一本だ。

雲の向こうにうっすら見える太陽はもうじき沈む。

風がひんやり冷たくなってきた。

待合の椅子にもたれたうたは、東の空に顔を出した月をぼんやり見やった。朧《おぼろ》の望月《もちづき》だ。

覚悟を決めた、諦《あきら》めることを決めた麟之助の面差しが、うたの脳裏をよぎる。

そして、郷里を出る前に祖母と交わした会話が。

うたは瞼《まぶた》を震わせた。

「……だから伯爵様は…うちにいらしたのね…」

守り刀の一文字は、いまのままでは麟之助を守らない。だから。

真都から遠く離れた郷里の、祖母の許《もと》にやってきて、守り刀を一振り乞う、と。

下り電車が見えて、うたは立ち上がった。停車する電車のドアが開く。が。

シロが眉根《まゆね》を寄せた。

「おい、誰も乗ってないぞ」

中央駅からここまでの下り電車は、今日はこれが最後のはずだ。あとは上り電車が二十分後に来て、それで終わり。

「どうしたのかしら、何か……」

ふと、うたは言いさした。なんだか嫌な予感がする。

風呂敷の結び目をといて箱を開ける。中にはあの桜の意匠の銀の平打ちかんざしと、

「うたへ」と表書きのある手紙が一通。

うたの鼓動が大きく跳ねた。

箱を椅子に置いて手紙を開く。黄昏《たそがれ》で文字が読みづらいが、折よく街灯がついた。

「…………」

便箋《びんせん》を持つ手が小刻みに震え、文面を読み進めるうたの顔色が変わった。

「…っ、シロ」

便箋をくしゃっと握りしめると、うたはかんざしと便箋を懐《ふところ》に入れて身を翻《ひるがえ》した。

「麟之助さんのところに戻る、乗せて！」

うたの意を察したシロは本性に変化する。うたがその背に横向きに飛び乗ると同時に
シロは地を蹴《け》った。

前略御免
お前がこれを読む頃には、もう月が出ているだろう。
今日は十二年ぶりの月蝕《げっしょく》。私が神隠しに遭った夜も月蝕だった。
このまま京央区の牧原本邸に向かい、我が父牧原伯爵にこの手紙を見せるといい。
不自由のないようにしてくれるだろう。

刀京でやりたいと言っていたことをやって、郷里に帰れ。

私を守ると言ってくれたお前の気持ち、嬉《うれ》しかった。

もう会うことはないだろう。このかんざしは餞別《せんべつ》だ。

うた、そしてシロ。ふたりの健勝を心から祈る。

草々
牧原麟之助

恐ろしいほどの速さで夜の帳《とばり》が広がっていく。

橋を渡ったシロとうたは、桜並木が灰色の霞《かすみ》に覆《おお》われている様を見た。

厖大《ぼうだい》な妖気《ようき》が大きく渦を巻いている。

「禍柱《かばしら》……！」

それも、昨日見た牧原別邸から立ち昇っていた禍柱の比ではない。見える範囲がすべて濃密な妖気の渦に呑《の》まれているのだ。

村全体を覆う半球の妖気。こういう形の建物を確か円蓋《ドーム》と呼ぶのだと、うたは埒《らち》もなく思い出した。

霞の中に幾つもの怪しい影が蠢《うごめ》いている。ひとつふたつではない、尋常でない数の影があちこちに湧《わ》いている。
朧の月影がうっすらと赤みを帯びた。うたは月を振り仰ぐ。
さっきは確かに真円だった月が欠けはじめていた。
歌が響く。何度も聞いた野太い声ではなく、澄んだ子供の歌声が。

さだめてえとをいくいくと
いやひさかたのはるがすみ
みかづきゆみはりじゅうさんや
おににのませるもちのつき
あやにあやにうたたのし
とこよのものよいざよばえ

子供の歌声に野太い幾つもの声が重なって轟《とどろ》く。

さだめてえとをひとめぐり
いやひさかたのはるがすみ
みかづきゆみはりじゅうさんや

おにのまるるもちのつき
あがぬしさまのおぼしめし
うつしきものよいざたまえ

シロの背にのったうたは空を見上げた。天頂にのぼっていく月は恐ろしいほどの速さで欠けていく。

登美の茶店の前をシロが駆け抜けようとしたときだ。

なにげなく店の奥を一瞥《いちべつ》したうたの視界に、いびつな黒い影が掠《かす》めた。

「銀《シロガネ》、待って！」

緊迫した叫びにシロは足を止めて身を翻す。

うたがシロの背から飛び降りると同時に、店の奥からぼろぼろの布をかぶったいびつな姿の妖異が躍り出た。

妖異の目が小柄なうたに据えられた。目が合った瞬間妖異の足が地を蹴り土砂を跳ね上げる。

布をかぶった異形は瞬《まばた》きひとつでうたの間合いに迫った。

「っ！」

寸前で横に飛んだうたの袂《たもと》を、横からのびた鋭い爪《つめ》が裂く。

もんどりうって店内に転がり込んだうたの背に妖異の唸《うな》りが叩《たた》きつけられ、枯《か》れ木のような手がのびる。

しかし、そこにシロが滑り込み、全身の毛を逆立てて、妖異めがけて裂帛《れっぱく》の気合いを叩きつけた。

ぎゃっと悲鳴を上げた妖異は撥《は》ね飛ばされて、ざっと音を立てて崩れた。道に消し炭色の塵《ちり》が広がり、冷たい風にさらわれるように消えた。

店の奥の小上がりに、茶店の女将登美は虚《うつ》ろな顔で腰を下ろしていた。

ついさっき眼前に恐ろしい風体《ふうてい》の化け物が迫ってきたというのに、登美は逃げることも叫ぶこともせず、ここではないどこかを見ているようだった。

「登美さん！」

駆けつけたうたが肩を揺さぶって呼びかけても登美は微動だにしない。焦点の合わない目、少し傾いた首。やがて均衡を崩した上半身がのけぞって畳に横たわる。

瞬きをしない目は空虚に染まり、半開きの口から言葉が発されることもない。

呼吸するたび胸元が上下する。それ以外、登美は指一本動かさない。

「化け物に…魂を食われた…？」

青ざめるうたの横からシロが顔を出す。ふんふんと鼻を鳴らして前足で登美の手にちょいと触れると、シロは頭をひとつ振った。

「いや、これはたぶん、妖気に当てられただけだ」

なんの抵抗力もない人間が強い妖気にさらされると、一気に体温が奪われるのだ。そして、あまりの異様さと底知れない恐怖で混乱をきたす。錯乱するか、このように心を閉ざしてしまうかは人による。

登美の指は氷のように冷えていた。うたは、小上がりにたたんで置いてあった羽織を広げて登美にかけると、店内に漂う色濃い妖気を袖《そで》を振って祓《はら》い飛ばした。

入り口の前に横線を三本引き、三角形と逆三角形を並べた模様を描く。

「鱗《うろこ》模様か」

シロの言葉にうたは頷《うなず》く。

「鱗模様は厄除《よ》けと魔除けだから……」

急ごしらえではあるが、短時間なら妖異の侵入を防げるはずだ。

「うた」

シロの声が緊張を帯びる。

視線をめぐらせたうたは、灰色の靄《もや》の中に蠢く、幾つものいびつな影を認めた。

靄の中に桜並木が広がっている。どこまでもどこまでも。

その代わりに、すぐそばにあったはずの川も、ついさっき渡ってきた橋も、向こう岸の電停の屋根も、道を照らす街灯も、すべてが消えていた。

「……これは…」

青ざめるうたにシロが険しい面持ちで呟《つぶや》く。

「神隠しだ」

妖気の円蓋に覆われたこの村全体が、現世《うつしよ》という元の世界から隠されて。まったく別の界に、常世《とこよ》とも幽世《かくりよ》ともあの世とも呼ばれる別のところに、成ってしまったのだ。

◆　◆　◆

麟之助はふっと目を開けた。

うたをなんとか邸から送り出し、ほっとして気がゆるんだのか。いつの間にか作業台に突っ伏して意識を失っていた。

だるい。頭がくらくらする。冷えた空気がいやに重い。

麟之助は瞑目《めいもく》した。視《み》なくてもわかる。一文字に引き寄せられた妖異や精魅《せいみ》の妖気が邸の内外に漂って、麟之助の精気を削《そ》いでいるのだ。

瞼をあげて視線を動かす。明かりを灯《とも》していない室内は暗いが、半分開いた窓帷《カーテン》から差し込む月影のおかげで完全な闇《やみ》ではない。

窓帷の隙間《すきま》から見える外は、すっかり夜の帳が落ちている。

月影が赤みを帯びているのを認めた麟之助は、腕に力を込めて上体を起こした。

努めてゆっくりと深呼吸をし、強烈な眠気にも似た倦怠感《けんたいかん》を振り払って立ち上がる。

「月が出る前にうたを追い出せて、よかった」

息を吐きながら思わず紡《つむ》いだ言葉に、麟之助は自嘲《じちょう》気味に唇を歪《ゆが》める。

「我ながらひどい言いぐさだな……」

——ぼっちゃん、その言いぐさはあんまりです！

眉を吊《つ》り上げてそんなふうに抗議してくるだろう姿が容易に想像できる。

うたを嫌ったわけでも疎《うと》んだわけでもない。でも、これ以外表現しようがないのだから仕方がない。

女中働きは初めてということだったが、午前中の内に埃《ほこり》まみれだった邸をあっという間に掃除して生活環境を整えた手際《てぎわ》の良さは称賛に値した。

それに、神隠しから戻って以来ずっと、過度に配慮され気遣われることの多かった麟之助には、あの意思の強さやはっきりした物言いが小気味よく感じられた。

うたは、不思議な娘だった。麟之助の事情を誰よりもよく知る父牧原伯爵が送り込んできたのだから、ただの人であるわけがないとは思っていたが、想像以上だった。

あの娘が来た途端、あれほど激しかった妖異の訪《おとな》いがぴたりとやんで、本当に久しぶりに静けさを感じたのだ。

うたがいなくなったいま、それらはまた麟之助を取り巻いている。

「……うるさいな」

ほんのひとときでも聞かずにすんでいたからか、再び自分を取り巻いた音を、これまでよりずっと大きく、疎ましく感じる。

徒人《ただびと》には聞こえない、足音、息遣い、ささやき、笑い声、うめき、恫喝《どうかつ》。

神隠し以降、麟之助の周囲にはこれらがずっと満ちていた。

それまでもそういうものはいた。

家族たちには見えないもの聞こえないものを、麟之助は視聴《みき》きすることが多く、久しぶりの先祖返りだといわれたものだ。

だが、妖異たちが麟之助を標的にすることはなく、近くに現れても、湧きたつように出てきても、ただそこにいるだけで、気にしなければいつの間にか去っているのが常だった。

状況が一変したのは神隠しからだ。現世ではないところに隠されて、体の奥底に眠っていた魔鬼祓《まきばらい》の血が覚醒《かくせい》して髪が銀色になり、麟之助を取り巻くすべてが恐ろしいほど転じた。

脳裏に次々浮かんでは消えるあの頃の光景。まるで走馬灯のように甦《よみがえ》ってきてきりがない。

当時のことは、いまではほとんど思い出さなくなっていたのに。うたに話したことをきっかけにして、久しぶりに記憶の扉が開いたらしい。

寝ても覚めても何かが近くにいる。視線を感じて振り返ると得体のしれないものがゆらゆら蠢いている。不快な耳鳴りがして軽い目眩《めまい》を覚えると、自分を取り囲む空気が異様に重く熱がこもったものに変わる。形のないものが常に麟之助を窺《うかが》っていて、隙を見せると間近に迫り、時には覆いかぶさってくることもあった。

それでも、それが自分に対してだけならよかったのだ。

あれらが牧原の名を持つ両親や兄にも興味を示した時のことは忘れられない。

家族たちは麟之助のように視聴きすることができないから、具合が悪くなってもその原因が妖異や精魅の妖気だとはわからない。やがて奉公人たちも妖気の悪影響で不調を訴えるようになって。

それを目の当《ま》たり《あ》にした際に感じた戦慄《せんりつ》は、いまもふとしたことで鮮やかに甦る。

麟之助の心はあの瞬間に否応《いやおう》なしに立ち返ってしまう。

非力な自分が、幼かった自分が見える。おのれを責めさいなむ自分の姿が。

妖異たちは一文字の放つ刀気に引き寄せられてくる。鞘《さや》に収まっていてもこぼれだす刀気は、遥《はる》か昔この刀に封じられた大妖《だいよう》の放つ妖気。

妖異、精魅、化け物などと呼ばれるものたちは、大妖の気を食うと強くなる。食えば食うほど姿かたちが変わり妖力が増して他のものを圧倒する。

どうやら妖異たちには勢力争いがあるらしい。縄張りを広げるために、一文字の妖気を利用して妖力増強を図っているというわけだ。

そうやって集まってくる妖怪変化《へんげ》たちの妖気が麟之助の精気を削ぎ、体にへばりつく。目に見えないほど細い糸でできた蜘蛛《くも》の巣が体中にびっしり貼《は》りついているような、といえば視えない人でもどんな状態かなんとなく想像できるかもしれない。

幸か不幸か先祖返りした麟之助は、全身を妖気に覆われてもそれに取り殺されることはないが、発熱して体が食べ物を受けつけなくなるなどの弊害が出る。

麟之助の症状は、一見すると重度の貧血に似ている。事実、大概の医師は麟之助を、重度の貧血による虚弱体質と診断した。

曰《いわ》く、これはもう生まれつきの体質だから、長生きをしたければ滋養のあるものを摂《と》ってできるだけ無理をしないようにするのが肝要である、と。

医師に診断されなくても、それくらいはわかっていた。

おおやけにされてはいないが、神隠しに遭った牧原の子は短命なのだ。どんなに長くても二十代半ばまで。それが知られていないのは、神隠しから戻ってくる子が少ないことに加えて、銀色の髪になった子はひた隠しにされるがゆえ。表舞台に出ることのないまま、その生死も隠されるから、知られることがないのである。

ずっとそう聞いていた。牧原家の人々はそう信じていた。が。

神隠しの歳《とし》から干支《えと》がひとめぐりして、あの手毬歌《てまりうた》が聞こえて、麟之助はようやく理解した。

神隠しから十二年後にまた迎えが来たら、今度は常世から戻ってこられない、ということなのだと。生死が隠されたわけではない。――生死不明、だったのだ。

常闇の森に囚《とら》われていたひと月。満開の桜の中に、童女《わらわめ》と化け物以外生きて動くものはいなかった。

だから。神隠しから戻らなかった者たちは、二度目の神隠しに遭った者たちは。

生きて動くものはいなかった。そういうことなのだと思う。

作業台の横の一文字を手に取って、麟之助は思慮深い目で呟く。

「これからも、牧原の子は神隠しに遭う」

この先もずっと、先祖返りをして強い霊力を持って生まれた牧原の子は、あの童女に常闇の森に連れ去られるのだ。

いま、麟之助がこのまま何もしなければ、ずっと。

「なぁ、一文字」

一人目の神隠しが起きて以降、歌わなくなった守り刀に低く語りかける。

「お前は、怒っているんだろう。私の代で終わらせると、私が決めたから」

あの童女の姿をした化け物が神隠しを起こしている。それを終わらせる。

十二年ぶりの迎えを待って一文字とともに常世に渡り、童女の形《なり》をしたあの化け物を
この命と引き換えに倒す、と。

鱗之助が、この世から消えることを選んだときから、守り刀の一文字は歌うことをやめたのだ。

ふいに、昨夜うたが発した声が耳の奥に甦った。

――うたが、お守りいたします
あの瞬間、誰にも告げていないはずの決意を見透かされた気がして、心臓が跳ね上がった。

もっとも彼女は、惨憺《さんたん》たる有様だった鱗之助の暮らしを立て直すという意味合いであ言ったのだが。

「…………」

鱗之助は無意識のうちにほろ苦く笑っていた。

巻き込まないように奉公人たちを全員本邸に退避させてからずっとひとりだったので、

孤独が少々こたえていたのだろう。

誰かに支えられるというのは、存外悪くないものだ。

こんな自分に仕えてくれていた奉公人たちが、いかに自分を思ってくれていたか。

改めて気づけた。いい冥途《めいど》の土産だ。

「一文字。怒っていてもいいが、最後に力を貸せ」

遠くから、歌が響き出す。


さだめてえとをいくいくと……


いつも聞こえる野太い声ではなく、高く澄んだ子供の――童女の歌声だ。

気配がする。いつも徘徊《はいかい》しているこの世の化け物たちとは桁違《けたちが》いの、常闇の森に棲《す》む魑魅魍魎《ちみもうりょう》たちが放つ凄《すさ》まじい妖気。

「神隠しに遭った村の子三人を取り返すぞ」

窓帷の隙間から差し込む月の光は、まるで血のように赤い。

今宵《こよい》は、鬼に呑まるる望の月。

常世への道を開く、十二年ぶりの月蝕だ。

◆　◆　◆

村全体を呑み込む霞の中、うたを背にのせたシロが疾走する。

道には通行人たちが棒立ちになっている。月が欠けはじめたと同時に広がった常世の霞と妖気に呑まれて、彫像のように微動だにしない。

その周りを徘徊していた妖異や精魅たちが、シロを認めるなり剝《む》き出しの激しい敵意を見せた。

道だけでなく建物の屋根にも無数の影がある。気づいたうたが声を上げるより早く、影が一斉に躍りかかってきた。

間一髪でそれを回避したシロは、立ち止まってうたを振り返る。

「俺はここでこいつらを食い止める」

「わかった」

背から飛び降りたうたに、シロは肩越しに問うた。

「うた、牧原麟之助をどう見た」

「……あの方には、守り刀の一文字が必要よ」

そう答えたうたを、シロは少し驚いたように見つめる。

うたの、迷いのない、強い意思の宿った眼差《まなざ》し。

「そうか」

「うん」

「よし、行け」

うたは黙って頷くと身を翻して走り出す。

それを追おうとする妖異たちの前に、鋭い目をしたシロが立ちはだかった。

七章

牧原家別邸に急ぐうたは、村中に立ち込めた靄《もや》が波のようにさざめく音を聞いた。

「なに…？」

うたは思わず足を止めた。

周囲には彫像のように立ち尽くす村人たちがいる。彼らを凝視したうたはひとつのことに気がついた。

妖気《ようき》に取り巻かれた人々の唇がかすかに震えている。半開きの瞼《まぶた》の奥の光のない虚《うつ》ろな目が、にわかにきょろりと動いた。

息を呑んだうたの耳朶《じだ》をささやきが打つ。

——…わざわい
「え……」

うたは瞠目《どうもく》して視線をめぐらせた。

村人たちの体から灰色の霞のようなものが漂い出て、妖気に絡《から》まり混ざり合う。

禍柱《かばしら》そっくりの、しかしそれよりずっと邪悪な波動の帯が、数えきれないほど立ち昇って寄り集まるのがはっきりと見えた。
灰色の靄が波打つ。うねって大きく躍り上がる。
赤い月影に照らされる道に、幾筋もの靄が寄り集まってくる。
――わざわい
――わざわい
――まきはら
――わざわい
いくつもの声、老若男女《ろうにゃくなんにょ》の声。集まってくる靄の中にはらまれた無数の声が、繰り返し繰り返し。
それはさながら呪詛《じゅそ》のよう。
妖気が運んでくる声は間違いなく村人たちの放つ言葉。
――わざわい
――まきはら
妖気をはらんだ言葉が実体を得る。常世《とこよ》に落ちる赤い月影を受けて、妖気を帯びたそれらが黒い葉に似たものに形を変えて邪悪な帯に張りついていく。
「……なんてこと…！」

うたは色を失った。村人たちがずっと抱えていた麟之助への忌避と子供たちを奪われたことへの憤怒《ふんぬ》が溜まりに溜まり、妖気で変容しふくれあがって、全長が見えないほど巨大な蛇と化した。

大蛇の巨体を覆《おお》う鱗《うろこ》のひとつひとつが村人たちの放つ麟之助への忌避、憎悪《ぞうお》、恐怖、怨嗟《えんさ》。

鎌首《かまくび》をもたげた大蛇が丸太のような胴をくねらせて、恐ろしい速さで進んでいく。

大蛇が向かっているのは麟之助のいる別邸だ。

冷たい風が青ざめたうたの頬を撫《な》でていく。

さだめてえとをひとめぐり……

あの歌が聞こえる。

あんな大蛇を生み出すほどの村人たちの念。

そこまで嫌われて、疎《うと》まれている。

いやひさかたのはるがすみ

繰り返し繰り返し、塗り重ねるように響くあの歌。

「……………」

くらくらと頭の芯《しん》が揺れて意識が遠のいていく。

みかづきゆみはりじゅうさんや

赤い月の光がうたの視界を埋め尽くす。

覆いかぶさってくる濃厚な妖気。四肢に絡みつく常世の手毬歌《てまりうた》。

真綿のごとき形のない縛《いまし》めに全身をやんわりと締め上げられて徐々に息が詰まる。

激しい睡魔のような重圧に瞼が落ちた。

おにのまるるもちのつき

幾重も反響する唸《うな》り、歌声の奥からささやく声が思惟《しい》の奥底に忍び寄る。

禍《わざわい》。災い。わざわい。

牧原麟之助は禍。あれが災いを呼び、厄《やく》を招く。

その証拠に子供が三人神隠しに遭った。

だから、牧原麟之助はここにいてはならない。生かしてはいけない。ここではないところに追い立てて、常闇の森に追い込んで、二度とここに、この現世《うつしよ》に、戻らないように——。

あがぬしさまのおぼしめし

うつしきものよ

ふっと意識が遠くなってよろめいた刹那《せつな》。懐《ふところ》の衿合《えりあ》わせからこぼれ出たかんざしが、地面に落ちてかつんと音を立てた。

い……——

桜の意匠のかんざしが立てた、本当に小さなその音が。

うたの心を呑《の》み込もうとしていた妖気と手毬歌を、打ち消した。

「………！」

うたははっと我に返り、夢然《ぼうぜん》とした。

地面に転がった銀のかんざし。美しい桜の意匠が赤い月影を弾《はじ》いてきらりと光る。

これが衿合わせから落ちなかったら、うたの心は妖気に呑まれてしまっていたに違いない。

「……っ」

涙が出そうになって、口に手を当てて堪《こら》えた。

違う。断じて違う。牧原麟之助は災いなどではない。

熟練の職人が魂を込めて作り上げたものは、決して悪《あ》しきものを寄せつけない。

ならば、化け物の妖気を、常世の歌を、いまこの瞬間打ち払ったかんざしの作り手が、禍などであるはずがない。

いまはっきりとわかった。村人たちがあれほど麟之助を忌《い》み嫌うのは、常世のものたちが繰り返し歌うこの声にそそのかされたからだ。

狙《ねら》いを定めた化け物は、周到に罠《わな》を張る。大蛇を生み出すほどの村人たちの忌避の念は、十二年かけて少しずつ育《はぐく》まれたのだ。

「麟之助さんのところに、行かなきゃ」

銀のかんざしを拾って髪に挿し、うたは呼吸を整えて再び走り出す。

生まれ持った力である程度の妖気や邪念を散らせるとはいえ、ここまで濃厚な常世の風に長時間さらされるのは初めてだ。

進むごとに強くなる妖気に精気を削がれていく。

別邸にたどり着く頃には、うたの息は激しく上がっていた。

耳の奥に響く鼓動がうるさい。額に吹き出した冷たい汗を袂《たもと》で拭《ぬぐ》って門を押し開くと、それまで以上に重く冷たい常世の風がぶわっと噴き出してきた。

牧原家別邸の敷地は、景色が一変していた。

数えきれない満開の桜の木が、どこまでも広がっている。赤い月影に照らされた花は血のような赤に染まって、それが散る様はまるでおびただしい血飛沫《ちしぶき》が舞っているかのようだ。

地響きにも似た音が聞こえる。目を凝らしてみると、長大な蛇の胴が木々の狭間《はざま》を縫うように這《は》って、腹が地面を擦っているのだった。

ふらふらと足を進めたうたは、大蛇の尾が何かに巻き付いていることに気づいた。

「…っ、ぼっちゃん！」

色を失ったうたが叫ぶのと、大蛇に締め上げられた麟之助の手から一文字が滑り落ちたのは、ほぼ同時だった。

大蛇が尾をゆるめた。麟之助はそのまま力なくくずおれる。

駆け寄ろうとしたうたの前に三人の子供が現れて、きゃらきゃらと嗤《わら》いながら黒い毬をつきはじめた。

「さだめてえとをいくいくと」

「いやひさかたのはるがすみ」

「みかづきゆみはりじゅうさんや」

「おににのませるもちのつき」

てんてんと弾む黒い毬が桜の奥に転がって、太い幹の後ろから小さな影がするりと出てきた。

鈴を転がすような澄んだ声が響く。

「あやにあやにうただのし」

袙《あこめ》をまとった童女《わらわめ》が、銀色の目で鱗之助を見ている。子供たちが歌いながら童女を囲んで回り出す。

「とこよのものよいざよばえ」

可愛《かわい》らしい声が紡いだ途端、桜の根方から無数の影が湧《わ》きあがった。

凄《すさ》まじい妖気をまとったそれらは、童女のあとを引き継ぐように声を上げ、いびつな体をくねらせる。

「さだめてえとをひとめぐり……」

視《み》えている範囲だけではない。常闇《とこやみ》の森の奥からも野太い声が響き出す。

身をよじった大蛇が鎌首をもたげてずずっと這い回り、あとからあとから湧いてくる魑魅魍魎《ちみもうりょう》が童女を囲んで歓喜の唸りを上げる。

うたは、迫ってくる化け物たちを、袖《そで》をはらって弾き、必死でかいくぐり、もつれる足でまろぶように、麟之助の傍らにたどり着くと、息を切らせながら膝《ひざ》をついた。

力なく目を閉じた麟之助は血の気のまったくない真っ白な顔で、亡骸《なきがら》と見まがうほど精気が感じられなかった。

うたは震える手をのばして麟之助の肩に触れた。途端にばしっと音を立てて凄まじい量の妖気が散る。

しかし、散ってもなお濃い妖気が麟之助の全身にへばりついているのがわかる。

「ぼっちゃん、ぼっちゃん！　いけません、目を開けてください」

ゆさゆさと揺さぶりながら、うたは懸命に呼びかけた。

「ここで終わらせるなんていけません、目を開けなきゃだめです」

うたの血に宿る祓邪《ふつじゃ》の力だけでは、いま麟之助を蝕《むしば》んでいる妖気を取り除くことは難しい。麟之助自身に生きる気持ちがなければ、どんなに助けたいと思っても助けることはできないのだ。

うたはふと視線を走らせた。彼の横に転がった一文字。一人目の神隠しの晩から歌わなくなったという、牧原の守り刀。

なぜそうなったのか。うたはここでようやく思い至った。

麟之助が、生きることを諦《あきら》めて、抗《あらが》うことをやめてしまったからだ。

「一文字……」

うたは手をのばして守り刀の一文字を掴《つか》んだ。

刀身を覆っていた妖気が遠雷にも似た音とともに閃光《せんこう》を放ちながら四散する。

「……っ！」

激しい衝撃に耐えたうたは、一文字を麟之助の腹にのせて懸命に訴えた。

「ぼっちゃん、ばけものなんかに翻弄《ほんろう》されて、悔しくないんですか」

と。麟之助の瞼がかすかに震えた。薄く開いた唇からかすかなうめきが発される。

はっとしたうたが見つめると、麟之助はのろのろと瞼をあげた。

「……う……た……」

かすれた声がこぼれ出る。

「……なぜ……戻った……」

弱々しい声音の非難がましい響きに、うたは眉《まゆ》を吊《つ》り上げて、麟之助の胸ぐらを両手で掴んだ。

「ぼっちゃんが、馬鹿《ばか》なことをしているから！」

がくがくと揺さぶられた麟之助は、肘《ひじ》を支えに身を起こす。

「馬鹿なこと…て……」

麟之助はちらりと視線を滑らせた。魑魅魍魎たちに周囲を取り囲まれている。奴《やつ》らが麟之助とうたから一定の距離を保ったまま動かないのは、獲物が最後に足掻《あが》く時間をくれてやろうということか。

何とも舐《な》められた、ばかにされたものだ。

麟之助は唐突に、面白くないと、思った。そんなふうに思う余力がまだ残っていることに驚いて、そんなふうに思えたきっかけをじっと見返した。

うっすらと聞こえたうたの訴え。ばけものなんかに翻弄されて悔しくないのかと。

牧原の子が、魔鬼祓《まきばらい》の末裔《まつえい》が。妖異の罠にはめられて、守り刀に見放されて、ここまで追い詰められて。

悔しいに、決まっている。

「……」

黙って拳《こぶし》を握りしめる麟之助の襟を放して、うたは片膝をついた。

「麟之助さん」

ふいに、うたの語気がそれまでとは打って変わり、妙に低く、凄《すご》みを帯びた。

違和感を覚えて怪訝《けげん》に見返す麟之助の手に一文字を握らせて、うたは射貫くような目でつづける。

「牧原伯爵《はくしゃく》様は、こう仰《おお》せになりました。守り刀を一振り乞《こ》う。我が息子麟之助のための一振りを」

「守り刀？　いや、でも……」

鱗之助は手元の一文字を見やる。守り刀はここに。

「うたは、見極めました」

「お前はさっきから何を…」

戸惑う鱗之助にうたは決然と告げる。

「決めてください。抗うと、戦うと、——生きると」

鱗之助は息を詰める。

「あなたが腹を括《くく》るなら、うたがお守りいたします」

ひたと見据えられて、鱗之助の鼓動はひときわ大きく跳ねた。

逡巡《しゅんじゅん》は一瞬。おそらく、悔しさを自覚した刹那に、もう腹は決まっていた。

「……」

頷《うなず》く鱗之助の面持ちが一変する。強い光をたたえた目を見たうたは、黙ってすっと立ちあがる。

無意識に一文字を掴んだ鱗之助は、刀身がかすかに震えていることに気づいた。

うたはおもむろに、髪に挿していた一本差しを引き抜く。

鱗之助は、うたがまるで短刀を構えるように、かんざしを逆手に構える様を見た。

「一文字うた、参ります」

低く紡《つむ》いだうたが地を蹴《け》った。手にしたかんざしが淡い光を放つ。

魍魅魍魎の狭間をすり抜けざま横薙《よこな》ぎに払われたかんざしの足の部分は、よく見れば直刀の形。

麟之助とうたを包囲していた魍魅魍魎が、かんざしに切り払われた箇所から割れて砂《さ》塵《じん》のように崩れていく。

思わぬ事態に唖《あ》然《ぜん》とする化け物たちをさらに数体切り裂いて囲みを抜けたうたは、そのまままっすぐ駆けると、棒立ちの子供たちと童女の間に滑り込んだ。

かんざしの先で地面に横一文字を刻む。と、その線から淡い光が立ち昇り、子供たちとうた自身を包む小さな円蓋《ドーム》と化した。

「子供たちはもう大丈夫です！」

うたの叫びに、麟之助ははっと息を呑んで慌《あわ》てて立ち上がる。しかし。

「……待て、ちょっと待て。一文字うた、だと…？」

動揺する麟之助の背後に、音もなく移動した大蛇のあぎとが忍び寄る。

「麟之助さん！」

うたの悲鳴に後ろを振り返った麟之助は、いままさにおのれを呑み込もうとしていた巨大なあぎとと、横から突進してきてそれを撥《は》ね飛ばした白銀の狼《おおかみ》を認めた。

琥珀色《こはくいろ》の目に、妙な既視感がある。

「シロか⁉」

一目でそうと見分けた麟之助の傍らに着地したシロは、困惑と驚愕《きょうがく》がないまぜになった顔でうたを一瞥《いちべつ》した麟之助の様子から、大体のことを察したようだった。

「うたは、刀匠一文字宗家の秘蔵子だ」

麟之助は瞠目して盛んに瞬《まばた》きをする。

「一文字……宗家……まさか」

いま麟之助が手にしている刀を鍛えた刀匠の、末裔か。

白銀の毛並みの狼は、じりじりと迫ってくる魑魅魍魎どもに睨《にら》みを利《き》かせた。その苛《か》烈《れつ》な眼光に、化け物たちは気圧《けお》され立ちすくむ。

「その刀を作る際に協力した巫女《みこ》は、のちに一文字の頭領に嫁いだ。一文字宗家は巫女の直系なんだよ」

だから、うたはいるだけで妖気や邪気を散らせる。一文字宗家に生まれる者は総じて巫女と同じ祓邪の力を発現するが、中でも長男の暁と末子のうたの力は群を抜いているのだ。

光の円蓋の中で、うたは子供たちをひとりずつ抱きしめた。のり移っていた妖気が瞬時に弾け散る。禍々《まがまが》しさが抜けていとけない顔に戻った三人を、うたはそうっと横たわらせる。

魑魅魍魎たちがうたと子供たちを覆う円蓋にへばりついているが、淡い光の透ける囲みはびくともしていない様子だ。地面に突き立てられた麻の葉の意匠の一本差しが、円蓋を維持するための芯なのだろうと察せられた。

麟之助は、父である牧原伯爵がなぜうたを自分のところに遣わしたのか、そのわけをようやく思い知った。

牧原の守り刀が守らない麟之助のための「守り刀」。

思えばうたははじめから言っていた。うたがお守りいたします、と。

あれは、言葉のとおり、麟之助を守るという意味。麟之助の身を、意思を、心を。

守るために来てくれた、一文字の娘。

「……っ」

麟之助は牧原の守り刀を胸に抱いた。守り刀の一文字は震えている。麟之助が腹を決めたときからずっと。

麟之助が諦めることをやめた。その瞬間から、ささやくように歌っている。

魑魅魍魎の群れが二手に分かれた。最奥《さいおう》にたたずむ常闇の童女の手から黒い毬が落ちて、ぽんぽんと転がってくる。

童女と魑魅魍魎たちの頭上を、すべるようにのびてきた大蛇がくわっと牙《きば》を剥《む》く。

シロが顎《あご》をくいっとしゃくる。

「魔鬼祓の麟之助。そろそろけりをつけようぜ」

「……ああ」

麟之助は、牧原の守り刀を鞘《さや》から抜いた。

古《いにしえ》に鍛えられた破邪の妖刀一文字の歌が、常闇の森に響く。

このよのはてのみちひらき
あらわれいでるちみもうりょう
いかにおそいきたるとも
まもりがたなのいちもんじ
みなことごとくたちはらう

麟之助が一文字を振るう。

次々に湧《わ》き出でる魑魅魍魎を横薙ぎに払い、袈裟《けさ》懸《が》けに斬《き》り降ろし、数体まとめて突き通す。

白銀の刀身が舞うたびに化け物は崩れて花びらと化し、吹雪のように荒れ狂う。

木々を伝って這いまわり激しく身をくねらせて突進してくる大蛇の胴に、麟之助が斬りつけるたび、村人の負の念が弾け散って消えていく。

桜の木から跳躍して躍りかかってきた大蛇の頭部を一文字の切っ先で貫き、縦真っ二つに斬り裂くと、悲鳴のような怒号のような形容しがたい咆哮《ほうこう》が森中に轟《とどろ》いた。

十二年かけて育まれた忌避、怨嗟、憎悪、恐怖。

これまで村人たちの心の奥底に巣くっていたそれらの念が、桜の花弁と化して崩れていく。

渦巻く妖気で風が逆巻き、真紅の花弁が乱れ舞う中で、残るは童女のみとなった。

童女は逃げるでもなく恐れるでもなく、刀を手に一歩ずつ迫ってくる麟之助を静かに見つめている。

銀色の髪、銀色の目。一文字を携える麟之助と同じ色の髪と目だ。

遠い昔、魔鬼祓の頭領は、破邪の刀に恐ろしい大妖《だいよう》を封じた。

無理やりに封じたのではない。取引をしたのだ。

大妖の力を得る代わりに、頭領は大妖と子をなした。己れの血を継ぐ者にふるわれるならよかろうと。

妖異に負わされた傷がもとで身を引いた先代のあとを継いだばかりの、年若い女頭領みずから大妖に持ち掛けた取引だと、牧原本家には伝わっている。

ふいに、風がぴたりとやんだ。

あれほど咲いていた花がすべて散り落ちて、赤い月影が真上から落ちてくる。

「……………」

麟之助は一文字の柄《つか》を握り直した。

相手は恐ろしい妖力を持った化け物だ。童女の姿をしていても、村ひとつを常世に引き込めるだけの力の持ち主である。

一文字を正眼《せいがん》に構えると、童女は逃げもせずについと天頂を仰いだ。

「……まきはらは、ひどいの」

円蓋の中でそれを聞いたうたは、かんざしを地面から引き抜いて囲みをといた。

シロに子供たちを任せて麟之助の傍らに移動する。

童女は足元の黒い毬を両手で拾い上げた。

「まきはらの者は、いつも吾《あれ》をひとりにする。兄様《あにさま》を連れて行き、あのものたちも消してしまった」

麟之助ははっとして刀身を見た。さっきまで歌っていた一文字が沈黙している。

童女は目を細めて、刀身に語りかける。

「そこにおられるのに、吾になにも言うてはくださらぬ。のう兄様、吾は寂しゅうございます」
黒い毬を差し出すようにして、童女は麟之助に訴える。
「さて、まきはらの。斬るがよい。そなたとの遊びは、なかなか気がまぎれたぞ」
銀色の瞳《ひとみ》がほんの少し揺れている。
「ここで果てるもよかろうて」
童女が目を閉じた。
一方の麟之助は、愕然《がくぜん》と目を見開いていた。
この童女と一文字の中に宿る大妖が血を分けた者同士。
が、心のどこかで得心もしていた。童女の髪は、先祖返りした麟之助と同じ色。
麟之助を含む神隠しに遭った牧原の子たちは童女の血縁《ゆかり》。同じ血を継ぐ者なのだ。
「……………」
すっと冷たくなった胸の奥で、鼓動がひとつはねた。
十二年前、この常闇の森の奥深くから現れた童女は。
赤い唇を笑みの形にして言ったのだ。
――よう参った
――遊んでたもれ
――遊んでたもれ。吾と遊んでたもれ。のう、まきはらの、……の、子やそう、言ったのだ。
「遊んで……」
麟之助は思わず呟《つぶや》いていた。
神隠しの晩の童女の言葉を、はっきりと思い出す。
まきはらの、兄様の、子や――。
麟之助の耳に、あの歌が甦《よみがえ》る。澄んだ声で紡がれる歌が。

定めて干支《えと》を幾々と
いや久方の春霞《はるがすみ》
三日月弓張十三夜
鬼に呑ませる望《もち》の月
奇《あや》に奇にうた楽《だの》し
常世のものよいざ呼ばえ

「…………っ」

鱗之助はこれ以上ないほど目を見開く。

奇に奇に、うた楽し。

異形の化け物しかいないあの暗い森の中で。

時折迷い込んでくる兄の血を継ぐ子供と遊ぶとき。

童女はきっと、心の底から楽しかったのだ。

干支のめぐりを幾々と数え、月蝕《げっしょく》の光が落ちて道が開くときを待ちながら、繰り返し繰り返し歌うほどに。

そして、彼女に付き従う化け物たちは、彼女の思いを受けて牧原の子を常世に誘《いざな》った。

血を分けた兄を奪われてひとりきりになってしまった彼女のために。

この世とあの世を行き来しやすい子供を、何人も何人も何人も何人も――。

おそらくそれこそが、繰り返された神隠しの真相。

鼓動がはねる。

鱗之助はひとりの寂しさを知っている。

それが童女の孤独と似ているだろうことに――気づいてしまった。

「…………」

正眼に構えたまま一向に動かない鱗之助を見上げて、うたははっとした。

一文字の柄を握る鱗之助の手が小刻みに震えている。

うたは、童女と麟之助とを見比べた。

緊迫した空気。童女を見据える麟之助の横顔に迷いがある。

それを見て取ったと同時にうたの体は動いていた。

ふたりの間に滑り込み、童女を背にして両手を広げる。

「うた⁉」

狼狽《うろた》える麟之助に、うたはゆっくりと首を振る。

「麟之助さん、いけません」

そうしてうたは、肩越しに童女を顧みた。

「ここで斬られておしまいなんて、随分むしのいいこと。そんなの、許しません」

うたが童女の手から毬を取り上げると、黒いそれは跡形もなく四散した。

「お前はこれから長い時間をかけて罪を償うの。そうね、あの刀に封じてくれましょう」

童女は身じろぎひとつしない。

「牧原に使われて、牧原のために力を尽くすのよ。目いっぱいこき使われたら……寂しさなんて、感じている暇はない」

そうしてうたは麟之助をじっと見つめる。

「そうですよね、ぼっちゃん」

彼女の意図を悟った麟之助は、深々と息をつく。

「……………ああ、そうだな」

たとえ、どれほど罪を重ねた化け物であっても。

遠い昔に血を分けた童女を斬ることへの、麟之助のわずかなためらい。

割り切ったつもりでも、斬れば間違いなく心の奥底にごく小さな傷を負っただろう。

それを瞬時に見抜いて別の道を示唆《しさ》してくれたうたの機転と気遣いが、麟之助は心の底からありがたかった。

八章

常闇《とこやみ》の森を形作っていた甚大《じんだい》な妖気《ようき》もろとも童女《わらわめ》を取り込んだ一文字は、刀身の輝きをひときわ増したようだった。

刀身を鞘《さや》に納めた麟之助は、気が抜けてその場にへたっと座り込んでしまった。もう体力も気力もほとんど残っていない。ぶっ倒れずにいられることが奇跡だ。

一文字を摑《つか》む手がかすかに震えている。その中に宿った妖気のあまりの凄《すさ》まじさに、麟之助の本能が慄《おのの》いているのだ。

麟之助は深呼吸をして丹田にぐっと力を込めた。気迫で負けたら刀身の中にいる大妖《だいよう》に容易《たやす》く取り込まれる。

長年神隠しを起こしては牧原の者を取り込んできた大妖を、新たにもう一体封じた守り刀、一文字。

一文字の中に、とてつもないのが二体。

「……ええ……」

冷静になってみると、とんでもないことをしでかしてしまったような気がしてならない麟之助である。

やや引《ひ》き攣《つ》った麟之助の顔を、横合いからうたがひょいっと覗《のぞ》き込んできた。

「ぼっちゃん、立てますか？　シロに摑まります？」

「いや……」

答えながら見やると、シロはもう犬の姿に戻っていた。

「大丈夫、ちょっと気が抜けただけだ」

強がりながら息を吐いて夜空を見上げる。天頂にかかった月は、どこにも欠けのない真円だ。

鬼に呑《の》まれた月は、鬼の口から逃れて元の姿に戻った。

この先何度春が来ても、霞《かすみ》が立ち込めても、月蝕《げっしょく》が起こっても、神隠しで牧原の子が消えることはなくなった。

だが、本当にそうなのだろうか。

胸の奥の疑念がどうしても消えてくれない。もうずっと、何年も何年も気を張りつづけていたので、片がついたという実感が湧《わ》かないでいる。

茫然《ぼうぜん》と月を眺める麟之助の前に、神妙な面持ちのうたが膝《ひざ》をつく。

「ぼっちゃん、やっぱり具合が良くないのでは……」

気づかわし気《げ》に眉《まゆ》を曇らせるうたの顔が、青白い月明かりに照らされてよく見える。

「心配性だな、うた。本当に大丈夫だよ」

「でも、お顔の色がすぐれません。こういうときは……あ」

袂《たもと》を探ったうたは、巾着袋《きんちゃくぶくろ》を出そうとして手を止める。金平糖はもうないのだ。

自分が食べ尽くしてしまったことを思い出した鱗之助は苦笑いするしかない。

「そういえば」

わざとらしく話題を変える鱗之助である。

「うた、刀京でやりたいことがあると言っていただろう。なにをしたいんだ？」

するとうたは、ばつの悪そうな顔をして視線をあちこちに彷徨《さまよ》わせた。

「いいえ、べつに、大したことでは……」

「なんだ？　私にできることはあるか？」

「あの、本当に、忘れてください、いいんです」

「遠慮するな。できることはなんでもやるから、言いなさい。ほら」

促《うなが》すとうたは、口を開きかけては呑み込んでを何度か繰り返してから、蚊の鳴くような声を発した。

「……………を……」

「うん？」

耳を寄せると、うたは耳まで赤くなりながら白状した。

「アイスクリームを、食べてみたくてっ！」

「あいす、くりーむ？」

目を丸くする麟之助に、うたは照れ隠しなのか、強い語調でまくし立てる。

「郷里にはアイスクリームなんてないんですっ、京央区にあるおしゃれなかふぇで学生さんたちが喫していると雑誌で読んだときからずっと憧《あこが》れて…っ」

「…っ、アイス…とは…っ」

たまらず吹きだした麟之助が堪《こら》えきれずに笑い出したのを見て、うたは両手で赤い顔を覆《おお》った。

「だから、言いたくなかったのに…っ」

「いや、うん、いいと思う。よし、京央のカフェだな、任せておけ」

笑いながら何度も頷く麟之助を上目遣いでじとっと見たうたは、はたと気づいた。

麟之助が笑っている。彼が心から笑う姿を見るのは初めてだ。

そうだ。麟之助は、ずっと背負っていた重荷をようやく下ろせたのだ。

胸の奥がじんと熱くなる。

妙に泣きたいような気分で微笑《ほほえ》むうたに、麟之助は目を細める。

和やかな空気を醸《かも》し出しているふたりに、シロがさらっと言った。

「子供たちを送ってくる」

　ふたりははっと視線をめぐらせた。

　神隠しから無事に戻ってきた三人の子供たちは、桜の木の根元に横たわって規則正しい寝息を立てている。三人とも少し痩《や》せたようだが顔色はいい。

「ついでに村の様子も見てくるわ」

　大きな白銀の狼《おおかみ》に転じたシロは、ひとつ瞬《まばた》きをした。

「と…、そうだ。麟之助よ、お前あの大蛇を一文字でぶった切ったよな」

「ん？　ああ」

「村の奴《やつ》らに巣くってた負の念、あれで消えたと思うぞ」

　シロの指摘にうたははっとした。

「あ…そっか。ぼっちゃんへの言われようは全部、化け物たちのせいだったから…」

　時間をかけて育《はぐく》まれた負の念。それが寄り集まって具現化した大蛇を、破邪の妖刀で断ち祓《はら》ったのだ。

　異常に根深かった忌避も、憎悪《ぞうお》も、恐怖も、怨嗟《えんさ》も、今宵《こよい》すべてが祓われた。

　今後、村の者たちの麟之助に対する考え方や態度はきっと、良いほうに変わる。

　しかし、沈黙の麟之助は不審気だ。無理もない。十二年間ひたすら忌《い》み嫌われていたのである。そんなに簡単に変わるなどとは到底思えないだろう。

「ま、おいおいわかるだろ」

白銀の狼は尻尾《しっぽ》をぴしりと振る。

「ふたりとも、早く邸《やしき》に入ったほうがいいぞ」

天を見上げて月の位置を確かめたシロは、辺りをぐるりと見回して目をすがめた。

「もうじき丑三《うしみ》つ時《どき》だ。大妖二体分の妖気に引き寄せられて、化け物が寄ってくる」

それがどういうことなのかを正確に察したうたは、唇をきりりと引き結ぶ。

一方の麟之助は、しばらくの間まばたきをしなかった。

シロの言葉の意味が理解できなかったのではない。理解したくなかったのである。

が、逃げようとしたとて事態が変わるわけもなく。

「……つまり……寄ってくる化け物が……ちょっと…増える……？」

一縷《いちる》の望みをかけて呟いた麟之助に対し、シロは無情だった。

「わんさか増える」

わんさか。

「………………………」

つい想像して気が遠くなった麟之助に、うたは毅然《きぜん》と胸を叩《たた》いて見せた。

「ご安心ください。麟之助ぼっちゃんのことは、うたがお守りいたします」

「……ああ、うん。そうだな。うた、よろしく頼む…」

「はい！」

ともすれば泣きそうな様子の麟之助に、うたは元気に頷《うなず》いたのだった。

懐《なつ》かしの歌と一文字

ねんねんころりねんころり
なみのりふねのゆらゆらり
まどろむさきはゆめのくに

1

牧原麟之助《まきはらりんのすけ》は、ふと我に返った心持ちで瞬《まばた》きをした。

暗い。風が立てる葉擦れの音が絶え間なく聞こえて、月明かりもないのにほんのりと明るい木の根方で、下草が小さく揺れている。

肌寒さを覚えながら辺りを見回すと、あちらこちらに螢《ほたる》に似た仄《ほの》かな明かりが浮かび、ゆらゆらと舞っている。

どこまでもつづいているような深い森の中に思える。

「もり……」

呟《つぶや》いた途端、麟之助はぞっとした。背筋を冷たいものが一瞬で駆け上がる。

ここは、昔迷い込んだあの常闇《とこやみ》の森ではないのか。

風にのってかすかな声が流れてくる。耳をそばだてた麟之助は、それがあの童女《わらわめ》の声であることに気がついた。

常闇の森の童女が歌っている。

思わず足を引いた麟之助は、傍らに白い影がたたずんでいる様を目の端で捉《とら》えた。振り向けば、白い装束をまとった童女が毬《まり》を両手で持っている。

「……っ」

口走りそうになった言葉がなんだったのか麟之助自身もわかっていない。童女はついと麟之助を見上げると、うっすら微笑んだ。

「急ぎや」

左手で毬を抱えた童女が右手で森の彼方《かなた》を指し示す。

「急いで参らねば、牧原がひとり、連れていかれよう」

童女は首を傾けて、怪訝《けげん》そうに眉根《まゆね》を寄せる。

「まきはらの。……なんだ、吾《あれ》を忘れたかえ」

麟之助の面持ちに困惑を見て取ったのか、童女は呆《あき》れたように息をついた。

「いいから急ぎや。さもなくば悔やむことになる」

くいっと顎《あご》をしゃくった童女は、焦《じ》れたように麟之助の腰をとんと押した。

その手の力は予想以上に強く、麟之助はつんのめるようにして足を動かす。

下草を踏んで、木の根を超える。ざあざあという雨音のような葉擦れの響きが降ってくる。

麟之助は肩越しに後ろを顧みた。すっかり葉桜になった木々を見上げて童女が歌っている。

「ねんねんころりねんねんころり……」

麟之助は口を開いた。

「なぜ…っ」

どうしてその歌を、と発したはずの声は葉擦れにかき消され、麟之助はあっという間に暗闇に沈んだ。

◇　◇　◇

「…………ぁ？」

音を立てそうな勢いで開いた瞼《まぶた》の先に見えたのは、見慣れた天井だ。

牧原麟之助は、まだ半分夢の中にいる頭でぼんやり考えた。

そうだ夢を見ていた。歌が聞こえる夢だったような気がするが、どんどん朧《おぼろ》にかすみ遠のいて、紙を燃やした灰が風に散るように崩れていく。

瞬きひとつをすると、怪しさと懐《なつ》かしさがないまぜになったような奇妙な欠片《かけら》が胸に残るだけになっていた。

麟之助はもう一度瞬きをした。天井。何年も何年も見てきた、寝室の天井だ。これが見えるということは、何年も何年も過ごしてきた寝台に寝ているということで。

だんだん思考がはっきりとしてきた。

神隠しはどうなった。村の子供たちは。常闇の森の童女と、あれに従う化け物たちは。桜の森に子供が消えていくのを止められなかったあの刹那《せつな》、遠のく意識の中で、二度と朝を迎えられないと覚悟をしたはずだったのに。

「…………生きて、る…？」

信じられない思いで呟いた麟之助に応じるように、扉を三度叩《たた》く音がした。

「麟之助ぼっちゃん、おはようございます」

耳になじみのない、若い女の声だ。若い女というより、少女の、と表現するほうが的確かもしれない。

麟之助は訝《いぶか》った。

この牧原家別邸で女中働きをしているのはふたり。母親に近い歳《とし》のキヌと、麟之助と同世代の珠子《たまこ》だ。しかし、いま響いた声はそのどちらのものでもない。

それに、牧原家別邸に仕える者たちは、麟之助を「若」あるいは「若様」と呼ぶ。

キヌも、珠子も、完一《かんいち》も、この別邸の諸事万端を取り仕切る谷垣《たにがき》も、麟之助のことを

「ぼっちゃん」などとは決して呼ばない。

「……………」

ふいにくらっと目眩《めまい》がした。

麟之助は頭を振って意識をはっきりさせると記憶を手繰《たぐ》った。

ひと月近く前にふたりを含む奉公人たち全員にいとまを出した。みんな言いつけに従って京央区《きょうおう》の本邸に引き揚げたのだ。

そう、いまここには自分しかいないはず。ではあれは誰だ。

「ぼっちゃん、朝です。起きてください」

答えをはじき出すより早く、麟之助は寝台から飛び降りて、寝台のかたわらに立てかけた守り刀を摑《つか》んだ。

「ぼっちゃん、起きましたか？　開けてもいいですか？」

麟之助は扉をきっと睨《にら》んだ。

少女の声――少女のふりをしたものの声に、麟之助は息を殺しながらそろそろと扉の前まで移動する。

「ぼっちゃん？　麟之助ぼっちゃーん？　おかしいわね、さっき確かに物音がしたと思ったんだけど……」

扉から一歩分離れた位置で、麟之助は腰を落とし抜刀の構えを取る。

ずっと邸《やしき》に満ち満ちていた妖気《ようき》が消えている。

麟之助はひとつの可能性に気づいて戦慄《せんりつ》した。

物心ついて以降妖異や化け物や化生《けしょう》のものといった存在は、常に自分を取り巻いていた。それらがないということがあり得なかった。にもかかわらず、いま麟之助は、それら人外のすべてを、影も形も気配もまったく捉えることができない。

しかし。

もし、扉の向こうにいる麟之助をぼっちゃん呼ばわりする澄んだ声の主が、ごくごく弱い妖異たちが恐れをなして退散するくらいに恐ろしい化け物だとしたら。

妖気の欠片もなければ化生の影も気配もない状況にも得心がいく。

いつでも迎え討てるように呼吸を整えながら、奉公人たちを本邸に下がらせてよかったと改めて思う。犠牲になるのは自分だけでいい。

「開けますよー」

木の扉が音を立てて開いた――――。

食堂のテーブルについて濡らした手ぬぐいで顎を冷やしている麟之助に、白い犬が嘆息まじりに言った。

「なぁ、鱗之助よ」

応じる鱗之助はまるでしおれた草のようだ。

「……はい……」

「あそこまではっきり寝ぼけるってのは、どうなんだ？」

「……めんぼくない……」

力のないかすれた声で詫《わ》びる鱗之助は眉間《みけん》のしわを深くしながらうなだれる。

シロは先ほどよりさらに大きく溜《た》め息《いき》をつく。

「…まぁな。お前も疲れ切ってたんだろう、それはわかる。何しろ五日間眠りっぱなしだったくらいだ。俺もうたもそりゃあ心配したわけよ」

「……すまない……」

弱々しく返す鱗之助はもはや枯《か》れ草のごとき有り様だ。

「三日目までは時々うなされたりもしてたしな。このひと月のことがさぞかし心の重荷だったんだろう。うたなんて、うなされるお前の額の汗を拭《ふ》きながら、いっそぼっちゃんは全部忘れてしまったほうが幸せなのかもしれないと涙目で思いつめて……！」

よよ、と情感たっぷりに泣きまねをされて、鱗之助は冷や汗をかく。

「うっ、うたにもシロにも、世話をかけて……」

「ほんとだよ。挙句の果てに、寝ぼけて全力で斬《き》りかかってくるってさぁ」

片前足をあげてよどみなくなじると、シロはひときわ意地悪気に目をすがめた。

「俺が気づかなかったら、ちょ〜っと、まずいことになってたぜ？」

「重ね重ね、もうしわけない…」

麟之助はこれ以上ないくらい小さく縮こまった。

あんなにはっきり目を開けて、頭もすっきり冴《さ》えて考えをめぐらせていたつもりだったが、実は全部夢心地だった麟之助である。

シロは、寝室の妙な気配を察知すると、扉の隙間《すきま》を疾風《はやて》のようにすり抜けて、麟之助の顎に容赦のない頭突きを食らわせた。

奇襲を受けた麟之助は大きくのけぞり、守り刀を取り落として転がった。

衝撃と痛みで完全に目を覚ました麟之助は、痛む顎を押さえてのろのろ身を起こし、呆気《あっけ》に取られているうたを見てはっと息を呑《の》んだ。

――うた…

かすれた呼び声に、うたはひとつ瞬《まばた》きをしてにっこりと笑うと。

――麟之助ぼっちゃん、おはようございます
深々と一礼したのだった。

思い起こした麟之助は、まったく動じる様子を見せなかった彼女の胆力に感心すると

同時にひやりとした。もしあのまま斬りかかっていたらどうなっていたことか。

「なぁ、麟之助。もしかしてお前、寝起きが悪いのか？」

シロの言葉に麟之助はううんと唸《うな》って腕を組んだ。

「そんなことはない。……と、思う。ただ……」

物心つく前から、常に異形のものたちの気配が近くにあり、彼らのささやきや唸りやうめきや咆哮《ほうこう》や悲鳴がひっきりなしに聴こえる生活を送っていたので、眠りは浅いのが麟之助の日常だった。

だからいつも、頭のどこかがぼんやりとかすんでいるような感覚があったのだ。

が。

麟之助は瞬きをした。そういえば、今日はいつになく頭がすっきりとして、世界がとても鮮明に見える。

ぼんやりとしたかすむ感覚は、改めてよくよく考えると、皆無だ。

「なんというか……」

麟之助は言葉を探した。ずっとうるさかった世界が、奇妙なほど静かだ。

本当に、驚くほど静かで。もしかしたら生まれて初めて、何にも邪魔をされず深い眠りを味わえたような気がする麟之助だった。

交互にやってきただろう深い眠りと浅い眠り。どこかで夢は確かに見たのだが、どんなものだったかは思い出せない。夢を覚えていられないほどに。

「よく、寝たな、と……」

半分放心した呟きに、小さな土鍋《どなべ》の盆を手に食堂に入ってきたうたが口を開いた。

「本当によくお休みでした」

うたがテーブルに盆を置いて土鍋のふたを取ると、ほかほかと湯気が立ち上がった。

鍋の中身は炊き立ての粥《かゆ》だ。盆には木の玉杓子《たまじゃくし》、伏せた椀《わん》と木のさじ、梅干しと塩一つまみの小鉢ものっている。

「粥か」

漂ってきた粥の香りを嗅《か》いだ途端に鱗之助の腹の虫が盛大に鳴った。

うたは鱗之助の前にさじと小鉢を並べる。

「五日ぶりのご飯ですからね。お腹《なか》がびっくりしないように三分粥にしました。はい、どうぞ」

粥をよそった椀を鱗之助の前に差し出す。

「熱いので、やけどには気をつけてくださいね」

うたの細やかな気配りに苦笑しながら鱗之助は手を合わせる。

「いただこう」

「はい、召し上がれ」

炊《た》きあがった米の良いにおいが鼻先をくすぐる。何度か息を吹きかけて冷ました粥をそっと口に含むと、ほのかに甘い米の味が口の中いっぱいに広がった。

腹に、胸に、心に、沁《し》みるようだ。

こんなにうまいものを食べたのは生きてきて初めてだと思うくらい、美味だった。

それは、五日ぶりの食事だから、というだけではきっとない。

麟之助は土鍋の粥をきれいに平らげると、最後にとっておいた梅干しの酸味に渋い顔をしながらさじを置いた。

「うまかった。ご馳走様」

満足げに手を合わせる麟之助にうたは安堵《あんど》した様子で目を細める。

「食欲があるならもう大丈夫ですね。お昼はおかずを増やして……」

はっと目を見開いて言いさしたうたの顔が曇る。

「うた、どうした？」

訝る麟之助に、うたは両手を握り合わせておずおずと切り出した。

「実は……その、お米が、もう……」

別邸に入った翌日にうたが買ってきた食材はこの五日間で使い切った。

先ほど麟之助がたいらげた三分粥に使ったのが最後の米だった。

以前いた奉公人が漬けたであろう梅干しや漬物は厨房《ちゅうぼう》の戸棚の瓶にたくさんあるのを

見つけたが、それだけではもちろん足りない。

「ああ、そうなのか。なら米屋に注文を……うた？」

うたの眉が悲し気に下がったのを見た麟之助は首をひねる。

手元に視線を落としたうたは、困ったように言いよどんだ。

「それが……その……」

「うん」

「……先立つ、ものが……」

食堂に不自然な沈黙が降った。

「……ああ！」

ようやく察した麟之助は声を上げた。

「そうか、そうだよな。ちょっと待て、いま……あ」

突然言いさして固まった麟之助に、今度はうたとシロが怪訝《けげん》そうに首を傾ける。

麟之助は盛んに瞬きをしながらきまりの悪い顔で視線を泳がせる。

「……すまん。俺も手持ちがない」

「え」

うたとシロの発した異口同音はきれいに重なってひとり分のように響いた。

「や……ほら、なんだ…。……望月《もちづき》で、……終わりだな、と、思っていたもんだから……もう、必要ないな、と……」

うたはすっと真顔になって鱗之助を凝視した。

望月で、と、終わりだな、の間に入る言葉がわかった気がする。

おそらく、望月で、俺の人生は、終わりだな、だ。

「ぼっちゃん……」

低くなったうたの語尾をすくいあげるようにシロが盛大なため息をつく。鱗之助はますます身の置き所がなくなる。

そのときだった。玄関の扉を強く叩く大きな音が響いたのは。

三対の目が玄関に通じる廊下に出る扉に向けられる。

どんどんと扉を叩く音に加えて来客を告げる呼び鈴がけたたましく鳴り出し、それがふっとやんだと思ったら、開錠と開閉の音が聞こえた。

「え…」

呆《ほう》けた呟きは鱗之助のものだ。

靴音がする。玄関ホールから食堂につながる廊下を迷いなく進んでくる。

うたとシロがテーブルの前にさっと移動して臨戦態勢を取るのと、鱗之助が腰を浮かせるのと、食堂の扉が開くのとは同時だった。

「若！」

ドアノブを摑んだまま叫んだのは山高帽をかぶった初老の男性だ。白と灰色のまじった髪、やや太めの眉にも白いものが見える。痩《や》せ気味で肉の薄い頰、口元や目尻《めじり》に年齢を感じさせるしわがある。黒っぽい洋装に黒のコート、履きこまれているがよく手入れされているのが見て取れる焦《こ》げ茶色《ちゃいろ》の革靴。

「谷垣……」

呟いた麟之助が息をつきながら肩の力を抜く。

「どうしたんだ」

「どうしたんだ、ではありませんぞ、若」

麟之助が谷垣と呼んだ初老の男性は、まっすぐ歩み寄ってきて麟之助の両肩をがっしと摑んだ。

「ご無事ですか、ご無事ですな、良かった……！」

彼が無事であるのを確かめるように、肩から両手をさすり、頭のてっぺんから爪先《つまさき》まで何度も視線を上下させる。

「夜半過ぎに知らせを受けて、この谷垣は胸の潰《つぶ》れる思いで始発を待ち」

「わかったから、まず放してくれ」

「いいえ、若はわかっておられません。旦那《だんな》様も奥様も、どれほど若の身を案じておられたか」

「わかってる、いや、わかった、いまわかった。とにかく放せ谷垣」

「若！　若はいつもそうやって何もかも抱え込んでしまわれる…！」

「わかった、悪かった、俺が悪かった。もうしないから、いったん放せ」

「本当ですな、天に誓ってですな」

「ええ……」

いまにも泣き出さんばかりの初老の男性に、弱り切った様子の麟之助の腰がやや引けている。

シロはすすっとうたに近づいて声をひそめた。

「思ったより早かったな」

「そうね。お昼くらいになるかと思ってた」

小さく応じるうたに気づいた麟之助が振り向く。

「うた、お前がこいつを呼んだのか!?」

「その方を呼んだわけでは……。ゆうべ、牧原の本邸に電報を打って、ぼっちゃんの容《よう》体《だい》をお知らせしただけで」

「なんて!?」

答えたのはシロだ。

「リンノスケ、メザメズ」

「な……」

麟之助は絶句して、思わず天を仰いだ。

2

牧原麟之助の命に別条はないが、長年かけて蓄積した疲労を回復するために眠りつづけている。目覚めるまであと数日は要するだろう。

「……と、詳しくお伝えしたかったんですが」

片頬に手を当ててうたは眉《まゆ》を曇らせた。

「いかんせん、先立つものが……」

沈んだ面持ちのうたの隣でシロが重々しく言った。

「長文を打とうにも、金がなぁ」

麟之助はテーブルに肘《ひじ》をついて顔を覆《おお》っている。

「せめて、もっとほかの言い方を……」

「すみません」

これには素直に非を認めて謝罪するうたに、麟之助の傍らに控えた谷垣は小さく咳払《せきばら》いをしてから口を開いた。

「申し遅れました。私は谷垣宗矩《むねのり》。若が物心ついた頃からお仕えしております」

右手を胸に当てて名乗った谷垣に、うたは慌《あわ》てて告げる。

「一文字うたと申します。うた、とお呼びください」

「うたさん。……あなたのことは、本邸の旦那《だんな》様から委細伺っております」

シロがついと目をすがめて耳を動かした。牧原伯爵《はくしゃく》から一文字宗家と一文字の守り刀のことを聞いているなら話がはやい。

うたも同じことを思ったのだろう。すっと背筋をのばして谷垣をまっすぐに見た。

「麟之助ぼっちゃんのことは、このうたがお守りいたします」

すると谷垣は、感じいった様子で深々と一礼した。

「……若をお守りくださったこと、心より感謝を申し上げます」

谷垣の声がかすかに震えている。それに気づいた麟之助ははっと息を詰めた。まるできつく叱《しか》られた子供のような沈痛な表情になる。

奉公人たちを全員本邸に下がらせたとき、麟之助は今生《こんじょう》の別れのつもりだったのだ。

きっと谷垣たちも同じ気持ちだっただろう。それくらい訊《き》かなくてもわかる。

この男は、麟之助が本邸を出ると決めた折、なにも言わずについてきてくれたのだ。

以来、まだ幼かった麟之助を庇護《ひご》し、導き、ときに叱り、ときに諭して。

何年も何年も、陰日向《かげひなた》なく尽くしてきてくれた。

「…………」

食堂に重い空気が漂う。

谷垣がついと顔を背けて目の際《きわ》を指で押さえるのを見て、麟之助はたまりかねたようにばっと席を立つ。

「し、仕事をする！　あとは任せ…だっ！」

勢い余ってテーブルの角に腰を派手にぶつけた。テーブル上の土鍋《どなべ》や食器ががちゃんと音を立てる。

シロは思った。痛い、あれは痛い。あの位置、あの角度。狙《ねら》ったかのように腰のでっぱりの腸骨のあたりを打ったのだから相当痛いはず。

「……っ…」

谷垣とうたが声もなく目を瞠《みは》ったのを気配で察した麟之助は、ぶつけた腰を押さえながら大股《おおまた》で出ていく。

彼の耳が赤くなっているのをシロは見逃さなかった。

多分、彼の胸中はこうだ。

ものすごく痛い、心配させて申し訳ない、おめおめと生き延びてしまって恥ずかしい、朝一番に駆けつけてきてくれて嬉《うれ》しい、泣かせてしまって身の置き所がない。そういった幾つもの感情が胸の中でないまぜになり、どう振舞えばいいのかわからなくなって困り果ててこの場から逃げ出した、といったところだろう。

牧原麟之助は、本人が思っているよりずっと感情表現豊かで、色々と詰めが甘い。本人は、隙のない冷たい素振りをしているつもり。しかし、細やかな気づかいや優しさが随所から漏れ出でる《い》。あふれているといってもいい。

村人たち曰《いわ》く追い出された奉公人たちにも、さぞ慕われていたことだろう。出ていく麟之助の背を見送る谷垣の、苦笑まじりの慈愛に満ちたあたたかな眼差《まなざ》しも、シロの推察を裏づける。

一階の奥の作業部屋の扉が閉まる音が聞こえた。

笑いを噛《か》み殺しながら土鍋の盆に手をのばしたうたに、咳払いをした谷垣が言った。

「うたさん、ひとつよろしいですか」

「はい？」

「一文字宗家の守り刀は、生涯ただひとりに仕えると聞き及んでおりますが」

「そうです」

うたはあっさりと頷《うなず》く。

谷垣はひとつ瞬《まばた》きをして、うたの目の奥を窺《うかが》うようにしながら問う。

「……若はそのことを？」

「いえ、ご存じないかと」

首を振ったうたはからりと笑う。

「たぶん、ものすごく困った顔をされるでしょうから。必要になるまでは言いません」

谷垣はシロを一瞥《いちべつ》した。これがただの白犬ではなく、代々の一文字宗家の者たちを守護する神獣であることも、牧原伯爵から聞いている。

人語を解する犬は、思慮深い目で黙然と頷く。

「……では、そのように」

「はい、お願いします」

静かに応じた谷垣に、うたはぺこりと頭を下げると朗らかに言った。

「谷垣さんが来てくださってよかった。あの、お昼ご飯のための買い物に行きたいのですが、先立つものを……」

もう厨房がからっぽで、とつづけるうたに、谷垣は慌てて懐《ふところ》から財布を取り出した。


一方鱗之助は。

作業部屋に入るなり、ぶつけた腸骨の辺りを押さえてうずくまっていた。

奉公人たちを本邸に下がらせてからろくな食事をしていなかった上に望月《もちづき》の晩から五日間昏睡《こんすい》していたものだから、筋肉も膏《あぶら》も相当落ちた。皮の下がすぐに骨といっても過言ではないくらいに落ちた。

「い……いたい……」

見なくてもわかる。これは間違いなく内出血して青痣《あおあざ》になる。痛みが引いて皮膚の色が戻るまで、十日前後はかかるだろう。

「十日か……」

呟《つぶや》いた麟之助はふと瞬きをして壁に貼った暦に目をやった。

決着がついた望月の夜から五日。昏睡していた間に下旬になっていた。

あと十日も経《た》てば月が替わる。迎えられないと思っていた夏になるのだ。

「…そうか…俺は……」

そろそろと立ち上がった麟之助は壁の暦に手をのばした。

「生きていても……いいのか……」

この季節、別邸に少し遅れて本邸の桜が咲く。桜だけではない。季節ごとに様々な花が庭を彩《いろど》る。

本邸を出てから数年。季節の花が見頃になると、両親は麟之助を本邸に呼ぶ。家族たちと距離を置く麟之助を、花を口実に呼び戻す。

しかし麟之助がそれに応じたことはほとんどない。

それでも両親は諦《あきら》めることなく麟之助を呼ぶのだ。

年に一度か二度、根負けした麟之助は本邸に赴く。陽の高いうちにほんの数時間だけ。

そして陽が傾く前に去る。夜になると人外のものたちが跋扈《ばっこ》する。それらに見つからないうちに京央区を出ないと痛い目を見るし大変な思いをする。せっかく久しぶりに家族の顔を見たのに、化け物たちに追われたことがその日一番の思い出になるのはごめんこうむりたい。それに何より、家族たちに心配をかけたくない。

麟之助は、村に入るための花見橋が何かの境であるような気がしている。此岸《しがん》と彼岸《ひがん》という言葉があるが、まさしくこちらが彼岸なのだと思っているのだった。

この先は、これまでと違う穏やかな気持ちで桜を眺められる気がする。

ここと同じく本邸の桜も終わっただろうが、次々に別の花が咲いているだろう。

「次は…藤と躑躅《つつじ》だったか」

母の鈴子《すずこ》は花が好きで、庭にたくさんの草木を植えている。兄や麟之助が幼い頃は、花が見頃になるとピクニックだといって庭にむしろを敷いてお菓子やお茶を広げた。

――ほら、きれいねぇ…

嬉しそうな母の横顔が瞼《まぶた》の裏に浮かぶ。

降り注ぐ陽射《ひざ》しでぽかぽかとあたたかく、涼やかな風が心地よく。

揺れる花が幼心にもとてもきれいで、花を見上げる母の笑みが無性に嬉しくて。

お茶とお菓子でお腹《なか》が満たされて、なんとも幸せな気持ちになって、気づけば瞼が落ちている。

もう戻ることのない懐《なつ》かしい日々。あのひとときが好きだった。

そうして母の膝《ひざ》に寄り掛かると、いつも歌が聞こえるのだ。

——ねんねんころりねんころり……

その歌が聞こえはじめると、いつもすうっと眠りに落ちてしまう。

「まどろむさきはゆめのくに……」

だからその先は、いまもわからないまま。

二十歳を超えた今時分にわざわざ本邸に出向いて子守歌を聴かせて欲しいと頼むのも気後れがするし、きっとこのまま知らずに終わるのだろう。

「さすがにもうな……」

追憶に浸りかけた麟之助は、ふっと息を詰めた。

意識の片すみに、恐ろしいほどの時を生きてきたものの声音が響く。

——急ぎや
麟之助の目が険しさを帯びた。

そうだ。夢を見たのだ。かつて常闇《とこやみ》の森に棲《す》み、いまは一文字の中に在る童女《わらわめ》の夢を。

童女は母の子守歌を歌っていた。なぜ童女が知っていたのかは一旦棚に上げておく。

彼女の言葉が甦《よみがえ》る。

――急いで参らねば、牧原がひとり、連れていかれ、連れていかれよう

麟之助はさっと青ざめる。連れていかれる。何に。誰が。

ぶつけた痛みは既に忘れていた。

いてもたってもいられずに踵《きびす》を返した瞬間、作業部屋の扉を叩《たた》く音が響いた。

◇　◇　◇

当面の生活費と牧原伯爵からの報酬を谷垣から受け取ったうたは、シロとともに村の様子を確認しがてら商家を回った。

米や、野菜、魚の干物、卵などを買い求めて、世間話を少しして、店の者に顔と名前をしっかり覚えてもらう。

この村に訪れた日、茶店の登美《とみ》は牧原家に対しての嫌悪《けんお》や忌避感を隠さなかった。

村人たち全員が登美とあまり変わらない心境だったはずだ。

それが、神隠しが落着してからというもの、村人たちの様子は明らかに変わった。日に日に穏やかな表情に、柔和な面持ちに変化している。牧原邸のことを話題にしても、受け答えに以前のような警戒心がなくなり、険を感じなくなった。

先日、邸《やしき》の主《あるじ》である牧原伯爵の子息についてどう思うかをそれとなく訊《たず》ねてみたところ、見たことがないからよくわからない、昔神隠しに遭って以来邸に引きこもっている変わり者だという話は何となく知っているけど、と返ってきた。

うたが水を向けた村人の大半が、疎外しようとしているのではなく、雲の上の身分の方だから関わることがない、といった様子だった。

うたが別邸に奉公に上がったと知って、牧原のご子息様はどんなお人なの、と興味津々《しんしん》の顔で尋ねてきた者もいる。

それと、ある噂話《うわさばなし》も聞いた。村人たち全員が知っていると前置きをされてから耳元でささやかれた。

それは別に悪意に満ちているようなものではなくて、村の者たちがあたりまえに共有している話としてうたにも伝えられたのだ。ただ、うたは驚いた。本当なのかを訝《いぶか》ってもいるが、確かめる術《すべ》がない。いや、あるにはあるが、あまり、いや、絶対にしたくない、というのが本音だ。

気になるのはそれくらい。

ほんの数日でここまで変わるとは。禍《わざわい》を呼ぶ、と忌《い》まれていたのが嘘《うそ》のようだ。

本当に良かったと感じ入りながら、うたとシロは村のあちこちを歩いて魑魅魍魎《ちみもうりょう》の残《ざん》滓《し》がないかを慎重に確かめた。

妖気《ようき》や邪気は人の心を蝕《むしば》み体を損なう。ひと欠片《かけら》も祓《はら》い残しのないようにしなければ。

数日分の食材が入った手提げ籠《かご》を持って帰路についたうたは、ほっとしたように眉を下げた。

「もう大丈夫ね」

「だな」

村はすっかりきれいになって、村人たちからも邪気が完全に抜けた。

子供たちが歓声を上げながら元気いっぱいに駆け回っているのを見て、うたの胸は熱くなる。

神隠しに遭った三人の姿を認めて、感慨無量で目を細めた。あの子たちは神隠しに遭っていた間のことをすっかり忘れている。彼らの心に杭《くい》のように突き刺さっていた恐怖は、シロが抜いて神獣の力できれいに消した。ほんの少しでも残っていると、それが妖異や精魅《せいみ》を招く餌《えさ》になるからだ。

谷垣によれば、牧原家別邸の普段の食材は、商家に注文をして週に一度配達してもらっていたのだそうだ。しかし、彼ら奉公人たちを本邸に戻した際にそれらをやめると商家に通達したらしい。支払いは月末に一ヶ月分をまとめてだったとか。

米屋や青物屋などを回りながら配達の再開を頼む際、来週の分だけ先払いした。再来週の分は配達に来てもらったときに注文をする。来月からはまた月末に一括で支払う。

これで元通りのはず。食料については何の心配もなくなった。

「お昼ご飯は何にしよう」

あれこれ考えているうちに邸の前にたどり着く。

「あら？」

うたは首を傾けた。門の近くに自動車が停まっている。運転席は無人だ。

「こんなところに停めるなんて……」

自動車が停められている塀添いの道は私道ではなく村人が行き交う往来だ。塀に寄せてあるものの、車幅のある黒い自動車は道の半分近くを占めている。このままでは時々通る馬車や大八車が立ち往生してしまう。はやく運転手が戻ってきて移動してくれるといいが。

門を開けて敷地に入ったうたは、庭にそびえる桜に目をやった。

あの大きな桜があることから、この別邸を牧原桜樹《おうじゅ》邸とも呼ぶのだと、谷垣から先ほど教わった。そのまんまだな、とは横で聞いていたシロの寸言だ。

邸の別称の由来になった桜はもうすっかり葉桜だ。風が吹くたびにさわさわと軽やかな音を響かせている。

青々とした葉桜を眺めていると、あの望月の夜が遠い昔のように思えてくるうただ。

玄関ポーチに視線を向けたうたは瞬《まばた》きをした。見知らぬ洋装の男性がたたずんでいる。

うたに気づいた男性が怪訝《けげん》そうな顔になった。うたとシロは立ち止まったまま一瞬顔を見合わせる。

男性が玄関扉を向いた。扉が開いて顔を出したのは谷垣だ。

男性越しにうたを見つけた谷垣は、軽く手をあげてこちらへという仕種《しぐさ》をした。

うたとシロは小走りに移動する。

「遅くなって……」

すみませんとつづけるより先に谷垣が口を開く。

「うたさん、待っていました」

「何かあったんですか?」

緊張するうたの足元でシロも目をすがめる。

ふいに、頭上から声が降ってきた。

「うた、戻ったか」

うたは左右に視線を走らせてからポーチを出て上を見る。

「あ、ぼ……」

窓から身を乗り出している麟之助の姿に、うたは言葉を失った。

うたが買い物に出る前は、麟之助は着古したシャツに藍染《あいぞ》めの羽織という、すぐ作業に入れる職人の出で立ちだった。

それがどうだろう。いまうたを見下ろしている麟之助は、いちぶの隙もない洋装。まるで身分の高い貴族のようではないか。

あの目立つ銀色の髪は、目深《まぶか》にかぶった山高帽の中に押し込んでいるらしい。前髪がない麟之助の面立ちは新鮮だ。帽子では隠し切れない襟足の髪色が目立たないようにか、首に白いマフラーをかけている。

まじまじと麟之助を見つめて、うたは唖然《あぜん》とした。

「……ぼっちゃん…、…貴族みたい」

二階だから聞こえないかと思いきや、うたの呟きはしっかり届いたらしい。

「貴族だよ」

据わった目で瞬時に切り返した麟之助の低い声音を聞くなり、男性が不自然に咳払いをした。失笑しかけたのを誤魔化したようだ。

麟之助が体を引っ込めて窓を閉める。玄関に降りてくるのだろう。

一方、谷垣は眉ひとつ動かさずに口を開いた。

「うたさん、すぐに出かける支度をお願いします」

突然の言葉にうたは困惑する。

「でも、お昼ご飯を……」

「今日は必要ありません」

「と、おっしゃいますと？」

尋ねるうたに、階段を下りてきた麟之助がため息まじりに言った。

「本邸に呼ばれた」

「え？」

山高帽に三《み》つ揃《ぞろ》いのスーツ、白いマフラー。白いシャツ。ネクタイを締めて、足元は革の紐靴《ひもぐつ》。長身の彼には貴族の装《よそお》いが驚くほどよく似合う。

見知らぬ貴人のような出で立ちの麟之助だが、刀袋に包まれた破邪の妖刀一文字を手にしている様はよく知ったもので、なんとなくほっとするうたである。

「ぼっちゃん、まるで貴族のご子息のようです」

「だから貴族だって」

「いつもはそう見えないもんなぁ」

からかうような語調はシロだ。麟之助は渋い顔でシロに視線を落とす。睨《ね》めつけられてもシロはまったく堪《こた》えずどこ吹く風だ。

「うたさん、急いでください」

うたを促す谷垣は、よく見ると血の気の引いた切迫した面持ちだった。

聞けば、うたとシロが買い物に出かけてからほどなくして、本邸からの使いが来たのだという。門の横に停まっていた自動車は牧原家のもので、洋装の男性は牧原家のお抱え運転手、岡部《おかべ》。彼が本邸からの使いだ。

岡部によると、谷垣が桜樹邸に向かってすぐに牧原伯爵夫人が高熱を出して倒れたのだそうだ。それだけではない。夫人はうなされながらうわ言で麟之助を何度も呼んでいるのだとも。

谷垣に買い物籠を渡したうたは、別館に走って急いで身支度を整えた。

本邸に呼ばれたのは麟之助だが、彼をひとりで行かせるわけにはいかない。

いまの彼は、ただそこにいるだけで魑魅魍魎精魅妖邪を激しく引きつける。目覚めた一文字が餌《えさ》を呼ぶからだ。いうなれば、麟之助は極上の寄せ餌なのである。

本邸のある京央区は住人が多い。その分そこに渦巻く負の念を好む異形や化生《けしょう》のものも数多く棲息《せいそく》している。

麟之助が京央区に一歩足を踏み入れたら、それはもうわんさか集まってくるだろう。

もしそのまま本邸に入ったら、麟之助は妖異の集団を引き連れていくことになる。大量の妖異が放つおびただしい量の妖気が本邸になだれ込むのだ。

そんなものを食らったら健康な者でも病気になるだろう。高熱で倒れた伯爵夫人などひとたまりもない。

邪気妖気を祓い散らすのもうたの役目だ。谷垣もそれを承知しているからうたに外出の準備をと促した。

よもぎの金平糖がないことを思い出してうたは天を仰ぐ。

「ああ…まだおばば様に手紙も書いてない」

手紙で状況を知らせて金平糖を送ってもらおうと思っていたのに、ずっとそれどころではなくて未《いま》だに手つかずだ。

家族たちはみんなきっとうたの身を案じている。特に祖母は、うたが牧原麟之助をどのように見極めたか、気を揉《も》んでいるに違いない。

すぐには難しいが、時間を作って書かないと。

「急がなきゃ…」

支度といっても、帯を締め直して髪を整える程度だ。

「うーん……」

これではいささか地味かもしれない。少しは飾り気が欲しい。

本邸の伯爵夫妻と初対面であることを考慮して、麟之助からもらった桜のかんざしを髪に挿した。麻の葉のかんざしはすぐ抜けるよう帯に挿す。

部屋を出る間際、靴先についた土埃《つちぼこり》に気づいてさっとぬぐい取る。

窓に映った自分の姿を見て、うたはひとつ頷いた。

◇　◇　◇

自動車から下りたうたとシロは、目の前にそびえる牧原家本邸を口をあんぐりと開けて眺めた。

これほどとは。

地方の小さな郷で生まれ育ったうたからすれば、牧原家別邸の桜樹邸は十分広くて大きなすごいお邸だった。

しかし、牧原家の本邸は、桜樹邸の二倍、いや三倍はありそうな、ものすごいお邸だった。

なるほど、麟之助がわざわざ貴族に化けるわけだ。

「貴族って……すごいのね……」

茫然《ぼうぜん》と呟くうたにシロが前足を振る。

「いや、貴族が全員こんな大豪邸に住んでるわけじゃあない。牧原家は特別だ」

「そうなの？」

「牧原は代々帝《みかど》の守り手だからな」

「！　ああ……」

得心がいった。身分に見合った俸禄《ほうろく》だけでなく、折に触れて様々な恩賞が与えられてきたのだろう。それがたまりにたまってこうなった、ということか。

「あと、外国との交易がはじまってから、牧原家は事業を興《おこ》して色々と手広くやってるんだよ、確か。その利益がかなりでかいはずだ」

記憶を手繰りながら語るシロを見る麟之助は感嘆の面持ちだ。

「詳しいな」

シロはにやりと笑うだけだ。

うたはあらためて邸を見た。大きな邸は外国建築様式で、象牙色《ぞうげいろ》の外壁が目に優しい。沢山ある窓はすべて閉まっていて、屋内は見えない。

うたはなんとなく右手で左腕を摑《つか》んだ。険しさを帯びた目で、窓のひとつひとつに鋭い視線を向ける。かたわらのシロも同様だ。

彼らの様子を見た麟之助の表情が引き締まる。麟之助の目にも、本邸全体をうっすらと覆う煙めいた妖気が視《み》えている。妖気は邸をなぞるようにゆっくりと流れている。

「……！」

一文字を掴む麟之助の手に力がこもった。こうなることを恐れて本邸を出て家族たちから離れたのに。

妖気が満ちているにもかかわらず、一文字は沈黙している。この程度では目覚める価値がないとでも言いたげに。

歩き出そうとした麟之助の前にシロがするっと回り込んだ。

「まぁ、待て。お前より先に、うた」

シロが首をめぐらせる。麟之助がその視線を追うと、うたが深呼吸をしているところだった。

「まずうたが入らせていただきます。麟之助ぼっちゃんは、うたのあとについてきてください」

先に立ったうたがくるりと振り向く。

「もし具合が悪くなったらうたに手を当ててくださいね。妖気も邪気も散じますから」

力強く言ってのけるうたに、麟之助も同じくらい力強く頷く。

「わかった」

うた、麟之助、シロの順に玄関ポーチに向かう。

重い扉にうたが触れると、激しい静電気によく似たばちばちという音が響き、おびただしい妖気が瞬時に吹き飛ばされた。

3

きんっと鋭い音を響かせて、麟之助の振り下ろした一文字が白磁の像を切断する。

古めかしい子猿の像に斜めの筋が入ったかと思うと、上半分がずるっと滑り、床に落ちて粉々に砕けた。

同時に、像の下半分からどろっとした黒い瘴気《しょうき》の塊があふれて滴《したた》る。

うたの耳は、金切り声にも似た絶叫を確かに捉《とら》えた。あとからあとからあふれて滴るどろどろとした瘴気の中から聞こえるそれは、子猿の像にひそんでいた妖異《ようい》の放つ断末魔に相違ない。

どろどろの瘴気が床に黒い水たまりめいたものを作っていく。

麟之助が一文字の柄《つか》を握り直す。どろりとした黒い水たまりから汚気《おき》が漂い出る。

うたの傍らにいるシロが渋面《じゅうめん》になった。

「ひどい臭《にお》いだな」

顔をしかめて口を押さえたうたが黙って頷《うなず》く。少し吸い込むだけで気分が悪くなる。これは、うたとシロだから気分が悪くなる程度で済んでいるのだ。徒人《ただびと》が吸ったらあっという間に具合を悪くして動けなくなるだろう。

うたの持つ祓邪《ふつじゃ》の力で麟之助も無事だ。問題なのは。

うたは、背後の寝台を一瞥《いちべつ》した。

牧原伯爵《はくしゃく》夫人鈴子が熱に浮かされ、苦悶《くもん》の表情で荒い呼吸を繰り返している。

その体を覆《おお》う灰色の霞《かすみ》がうたとシロにははっきり視《み》えている。子猿の像から滴ったものと同質の妖気だ。

高熱にうなされて麟之助の名を幾度となく呼んでいると聞いていたが、うたたちが邸《やしき》に到着したときには消耗しきって声を出す力も残っていない様子だった。

うたがそっと夫人に触れると、体の表面だけでなく身の内にも入り込んでいた妖気が音を立てて弾《はじ》け散った。

「っ！」

予想以上の衝撃に思わず瞼《まぶた》を閉じたうたは、薄目を開けて夫人の様子を窺《うかが》った。

灰色の霞が消えて、先ほどとは一転、呼吸が深くなっている。これで熱も下がっていくはずだ。

うたはほっと肩の力を抜いた。

目の端でそれを見届けた鱗之助は、気合いを込めて一文字を横薙《よこな》ぎに払った。漂っていた妖気と汚気が刃《やいば》に切り裂かれて掻《か》き消える。

一閃《いっせん》の風圧を受けた黒い水たまりは、わななくように震えながら冴《さ》え冴《ざ》えと光る刀身に音もなく呑《の》まれていく。束《つか》の間《ま》のたうつように蠢《うごめ》き激しく抗《あらが》ったのち、刃に吸い込まれて消えた。

切っ先に最後の一滴が呑まれる刹那《せつな》、悲鳴にも似た哀れな声を鱗之助は聞いた。

それともうひとつ。一文字に取り込まれた常闇《とこやみ》の森の童女《わらわめ》が立てる忍び笑いも。

子猿の像にひそんでいた妖異は、いまごろあの童女の前で震えているに違いない。どうしてかその光景が見えるような気がする鱗之助だ。

妖気が完全に消え失せたのを確かめて安堵《あんど》の息をつく。大事に至る前に事が済んでよかった。

曇りひとつない冴え冴えとした刀身を見つめて、鱗之助は考えた。

この中には遥《はる》か昔から古《いにしえ》の大妖《だいよう》が封じられている。つい先日、その妹であるという童女もこれに封じた。

封じられた二体は、いまどのような状態なのだろう。これまではそんなことを考えもしなかったのに、妙に気にかかる。

「あ、ぼっちゃん！」

埒《らち》もないことを思案していた麟之助は、その声で現実に引き戻された。

振り返った麟之助は、寝台に横たわる伯爵夫人の瞼が震えたのを見た。

久しぶりに、もしかしたら数年ぶりに、じっと見た母親の面差しは、覚えているものより幾分か痩《や》せているようだった。

うたは、母親を見つめたまま動こうとしない麟之助の左手を摑《つか》んだ。

「ぼっちゃん、こちらへ」

うたに引かれるまま寝台の横に立った麟之助は、はっとしたように瞬《まばた》きをすると慌てて刀身を鞘《さや》に納めた。

うたとシロは視線を交わして頷き合う。

「麟之助ぼっちゃん。うたとシロは、ほかの部屋に異常がないか見回って参ります。奥様をお願いしますね」

「えっ」

明らかに狼狽《ろうばい》する麟之助を置いて、うたとシロはさっさと寝室を出て扉を閉める。

廊下には、麟之助とうたとシロをここまで案内してくれた老齢の家令が控えていた。

「奥様は……」

「麟之助ぼっちゃんが片をつけました。もう心配ないと思います」

ほうと大きな息をつく家令に、うたは気になっていたことを訊《たず》ねた。

「あの、寝室にあった子猿の像は、いつからここに?」

「あれですか?　確か、おととい からだったかと。奥様が長年懇意にされているご夫人が外国旅行から戻られて、久々においでになったのです」

あの像はその夫人がくれた旅の土産で、海外の有名な窯《かま》の品とのことだった。

うたの面持ちが険しくなった。

何も知らずに憑《つ》いているものをたまたま選んで持ってきたのか。それとも、牧原家に入り込むためにそれに取り憑いたのか。

シロもうたと同じことを考えて、おそらく後者だと判断した。

麟之助に近づくために、まず牧原夫人が狙《ねら》われた。懇意にしているという夫人はそのために使われた。そんなところだろう。

「その方は、いま、どうされていますか」

家令は困惑した様子で首を傾《かし》げた。少しの間考える素振りをして、何かを思い出したのかはっと息を呑む。

「そういえば…長旅の疲れが出たのかお体の具合が優れないと、仰《おつしや》っていたような…」

うたはシロに視線を落とした。シロは無言で頷く。

「その方のお名前と、お邸の場所を教えてください。その方もきっと妖気にあてられています」

りた。

「えっ…っ」

家令の顔から瞬く間に血の気が引いていく。

「少々お待ちください」

住所録を確認するべく急いで階下に向かう家令について、うたとシロも階段を駆け下りた。

うたとシロが出ていってからほどなくして。

「――……」

伯爵夫人、牧原鈴子はゆっくりと瞼をあげた。

まだ夢と現《うつつ》を彷徨《さまよ》っているような頼りない面持ちで視線をめぐらせた鈴子は、寝台の傍らに所在なくたたずんでいる長身を認めて、驚いたように軽く目を瞠《みは》った。

「……まぁ……りんのすけさん……」

自分の声がいやに掠《かす》れていることに気づいて、鈴子は訝《いぶか》りながら眉根《まゆね》を寄せた。これはどうしたことだろう。

一方の麟之助はぎこちない笑みを作った。

「……久しぶりです、母上」

「……」

やや困っているようにも見える麟之助の面差しが無性に懐《なつ》かしくて、胸が痛くなる。

鈴子は目頭が熱くなるのを堪《こら》えられなかった。

「……麟之助さん……よかった……もう…会えないかと…」

吐息まじりの声は涙で湿っている。

「……」

麟之助は曖昧《あいまい》に笑う。実際、もう二度と会えないはずだった。

うたが現れなければ、麟之助は望月《もちづき》の晩にあの童女の森に囚《とら》われて、この世から消えるはずだったのだから。

鈴子は力の入らない手をのばして麟之助の腕を弱々しく摑んだ。

「麟之助さんは…迷って、帰ってこなくなることが、あるから…。心配だわ…」

帰ってこなくなる、と。その言い回しをあえてした鈴子の本意が伝わってきて、麟之助は居《い》た堪《たま》れず目を伏せる。

自分はもう帰れないと思っていたが、違った。帰れないのではなく、帰らないと自分で選んでいたのだと、たったいま気づかされた。

母はおそらくそれをわかっていたのだろう。

このひとは昔から、麟之助のことを、たぶん麟之助自身よりわかっている。たとえ、血のつながりはなくても。

「今年の桜、散ってしまったわ」

「はい。…うちも、もうすっかり葉桜です」

「来年お花見をしましょう。ちゃんと戻っておいでなさいね」

「……、可能な限り、善処します」

確約はできない、そう答えようと思ったが、母の目を見たら言えなかった。

「こんなに痩せて……」

怒ったような口ぶりとは裏腹に、鈴子の目は麟之助への愛《いと》しさに満ちて、痛ましくてならないと訴えてくる。

「お父様にも、きちんとお詫《わ》びをなさいね」

「それは……」

目を泳がせながら、麟之助は思う。母に対してだったら素直になれるのだが、父相手には、いささか難しい。理由は特にないが、なんとなく。おそらく負けた気分になるからだろうと思われる。でも何に負けたかはわからない。依怙地《いこじ》になっているだけかもしれない。

しかし、詫びはともかく、礼は伝えるべきだろう。麟之助のために心を砕いて、守り刀の一文字うたを遣わしてくれたのだから。

　麟之助の腕を摑む指に力を込めながら鈴子は言った。

「今日は泊まっていくのでしょう？」

「いや……はい」

じっと見つめられて麟之助は白旗をあげた。それに満足したのか、鈴子は息子の手をようやく解放する。

「もう少し眠るわ。……そうだわ、麟之助さん。よく眠れるように子守歌を歌ってちょうだいな」

「えっ」

　動揺する息子を見て鈴子は忍び笑いをもらす。

「冗談よ。……不思議な夢を見たものだから」

　疲れたように息を吐いて、鈴子は訥々《とつとつ》と語る。

「暗い森の中で…あなたと同じ色の髪をした小さな女の子が、毬《まり》をつきながら子守歌を歌っているの」

　その子の前に、かわいそうなほどみすぼらしい有様の、真っ黒な何かがうずくまっている。猿のようなそれは、毬が弾むたびに小さく縮んでいき、子守歌の三の節が終わる頃にはからからにしぼんで崩れて、いなくなってしまった。

毬を両手で持った女の子は小さく笑い、森の奥に消えていく。その先に彼女を待つ何かがいるのだと、鈴子はどうしてか知っていた。

それから鈴子はあてもなく歩いた。方角もわからないままとぼとぼ歩き、途方に暮れて立ち止まり、空を仰いで。そうしたらふっと体が軽くなって世界が真っ白になり、いまいる場所に戻った気がしてそうっと瞼をあげたのだ。

それを聞いた麟之助は驚きを隠せなかった。

「あの子守歌を……？」

銀色の髪の女の子というのはきっとあの常闇の森の童女。では、一文字はあの常闇の森を丸ごと呑み込んで、彼女は相変わらずあそこに棲《す》んでいるということか。そしてその奥には、彼女の兄であり麟之助の先祖である大妖が。

「麟之助さん？」

怪訝《けげん》そうな声に呼ばれて、麟之助は思案の底から意識を引きあげた。

どうしたのかと目で問うてくる母に、頭をひとつ振って見せる。

「母上の子守歌は、途中までしか覚えてないな、と」

息子の言葉に鈴子は目を見開いた。

「あら。……ああ、そうだったわね。あなたたちはいつも、歌うとすぐに眠ってしまっていたから」

麟之助が頷くと、鈴子は懐かしそうに笑って頬をゆるませた。

「じゃあ、特別に歌ってあげましょう。ちゃんと覚えて、私に歌ってちょうだいね」

麟之助は一瞬言葉に詰まった。

「……善処、します」


子猿の像を持ってきた夫人の邸に向からシロを見送るため、うたは牧原邸の玄関を出た。邸を覆っていた妖気はすっかり消え失せて、開いた玄関扉から心地よい風が吹き込んでくる。この風が澱《よど》んだ空気を洗ってくれる。あとで窓を開けさせてもらおう。

「気をつけてね、シロ」

「任せろ」

帯から引き抜いたかんざしをそっと撫《な》でて、麻の葉の意匠に祓邪の力を籠《こ》める。

「じゃあこれ、お願い」

「ああ」

応じたシロはかんざしを口にくわえる。

当初はうたも同行するつもりでいたのだが、念のため麟之助と牧原夫人のそばについていたほうがいいとシロに言われたのだ。

行ってくるという言葉の代わりに一度尻尾《しっぽ》を振って、シロはぱっと走り出す。

飛ぶように駆けていくシロを見送っていたうたは、ふいに微《かす》かな歌声を聞いた。

「……子守歌……？」

歌の出所を探して視線をめぐらせる。

「あそこだわ」

二階の一番奥の窓が少し開いていて、そこから漏れ聞こえてくるのだ。あれは伯爵夫人の寝室の窓。では、歌っているのは夫人か。

うたは耳を澄ませた。

優しい歌だった。きっと、寝台の横で、麟之助もこの歌を聞いている。

「………」

唐突に、うたの脳裏を村人から聞いた話がよぎった。

「……生《な》さぬ仲、か……」

うたが小さく呟《つぶや》いたのは、村の者が声をひそめながらこっそりと口にした言葉だ。

別邸の主《あるじ》である牧原家の子息は、牧原伯爵がよそで作った外腹の子なのだそうだ。

長男は伯爵夫人が産んだ。次男は伯爵が妾《めかけ》に産ませた。だから夫人は次男を忌み嫌っている。疎《うと》んじていたところに神隠しが起こった。それが決定打となって次男は本邸に居場所をなくし、ひとり別邸に移ったのだ、と。

村の者たちはそれをみんな知っていて、上流階級でも公然の秘密だという話だった。

ひそひそと語る村人たちの顔を思い出して、うたはため息をついた。

「…………噂《うわさ》なんて、あてにならないものよね」

だって、熱に浮かされた伯爵夫人が自分の名を呼んでいると聞いた麟之助は、誰の目にも貴族らしく見えるようにすぐさま身支度を整えたのだ。

それにうたは、本邸に向かう車中の麟之助の、驚くほど強張って血の気の引いた横顔を見ている。

疎まれていたら、嫌われていたら。あんなにも不安げな、心配でたまらないというような顔は決してしないだろう。

わざわざ問う必要もなければ確かめる意味もない。麟之助の面差し。あれが事実。あれこそが真実。

うたは自分の目を信じる。

子守歌に耳を傾けながら、そっと呟く。

「いいなぁ……」

家族が近くにいて。

覚悟して郷里を出てきたけれど、寂しさを感じないわけではない。

刀京に来てまだ一週間かそこらしか経《た》っていないのに、あの子守歌が里心を起こさせて、家族たちに会いたいと思ってしまった。

郷里に帰ることはもうできない。うたがいるべき場所は麟之助の傍らなのだから。

だから、桜樹邸に戻ったら家族たちに手紙を書こう。

「そうだわ。帰る前に、麟之助さんに頼んでかふぇに連れていってもらおう」

よし、手紙の書き出しはこうだ。

前略、おばば様。うたはついに、憧《あこが》れのアイスクリームを喫しました――。

うたはまだ知らない。

自動車が桜樹邸を出たあとに、一文字家から荷物が届いたことを。

中身はうたの母が用意した着替えの着物とヨモギ味の金平糖と、祖母からの手紙。

きっとお前は守り刀たることを選ぶだろうから、これより生涯牧原麟之助を主とし、心して仕え、全力でお守りすること。

達筆でそう書かれていたのを見て、さすがおばば様とうたは舌を巻くのである。

4

常闇《とこやみ》の森で歌いながら毬《まり》をついていた童女《わらわめ》は、ふと目をあげた。

木々の間から白い狼《おおかみ》が現れる。

童女は瞬《まばた》きをした。

「一文字の……」

童女を見下ろすほど大きな体軀《たいく》の狼は、長年一文字家を守護してきた神獣だ。

破邪の妖刀《ようとう》一文字の中に丸ごと吞《の》まれたこの森に入ることは容易ではないはずだが、神獣の力をもってすれば造作もないということか。

得心がいった童女の忍び笑いを見て、神獣は目をすがめた。

「真面目《まじめ》にやっているようだな」

麟之助から聞いた話によれば、妖異の企《たくら》みはどうやらこの童女が阻《はば》んだらしい。

童女は唇を尖《とが》らせる。

「一文字が言うたであろう。牧原に使われて、牧原のために力を尽くせと」

狼は軽く目を瞠《みは》り、呆《あき》れの混じった面持ちで童女をまじまじと見た。

「まぁ……そうだな」

童女は再び毬をつく。

「兄様はいまだ姿を見せてはくださらぬが、吾《あれ》はもう寂しくはない」

「ほう」

「魔鬼祓《まきばらい》の血が魑《ち》魅魍魎《みもうりょう》を呼び、吾と兄様はそれを狩る。寂しさなど感じる暇《いとま》もない」

毬を両手で持って、童女は静かに言い添える。

「あの夜、一文字の申したとおりよ」

狼は黙然と目を伏せる。

そう、童女の形《なり》をしたこの妖異のいうとおり。

破邪の妖刀一文字は目覚めた。牧原麟之助の苦難はこれからだ。

「なら、役に立てよ。それがお前たちを生かす唯一《ゆいいつ》の道だ」

狼は一瞬牙《きば》を剝《む》いて凄《すご》みを利《き》かせた。

童女は答える代わりに仄《ほの》かに笑う。諾《だく》とも否《いな》ともとれる目で。

「おい……」

「案ずるな。魔鬼祓は吾のゆかりよ。――違《たが》えはすまい」

そして童女は声をひそめて笑い、くるりと背を向けると毬をつきながら歌いだした。

ねんねんころりねんころり
なみのりふねのゆらゆらり
まどろむさきはゆめのくに

ねんねんころりねんころり
まくらにかかるほしのかげ
つきのうさぎのうすごろも

ねんねんころりねんころり
しずかのうみにかげのみち
うたをしるべとゆきかえる

あとがき

厄介な体質で嫌なことを遠ざけたくて何ごとにも消極的な引きこもりの貴族の青年と、そこにいるだけで厄介なものを撥《は》ね飛ばす元気で強気で掃除洗濯炊事を一手に引き受ける働き者の少女。

そんなふたりが様々な怪奇事件に巻き込まれるようなお話を書きたいなぁと、ぼんやり考えたのが始まりです。

その後、いくつもの偶然が重なって、漫画家のサカノ景子さんから「原作をやりませんか」とお誘いをいただき、紆余《うよ》曲折を経て書き上がったのがこの物語でした。

初めまして、結城《ゆうき》光流《みつる》と申します。

様々なご縁のおかげで、この本を皆様にお届けできる運びとなりました。

この『守り刀のうた』に収録されている「守り刀の一文字」は、白泉社さんの少女漫画雑誌「花とゆめ」で短期連載された、サカノ景子さんの漫画『守り刀のうた―守り刀の一文字―』の原作となります。

私は子供の頃からずっと漫画が大好きです。中でも「花とゆめ」とは人生を共に歩んできた、といっても過言ではありません。

ずっと読みつづけてきたあの「花とゆめ」に、自分の名前が載る。何かの間違いか夢か幻かとずっと半信半疑でしたが、本当に掲載されました。表紙に自分の名前が載っている花とゆめ本誌は家宝にしようと思います。

そして、つい先日『守り刀のうた―守り刀の一文字―』のコミックスが発売になりました。花とゆめ本誌だけでなく花とゆめコミックスにも自分の名前が。書店で、ずっと読みつづけている漫画家さんたちと同じところに並ぶ。

こんな奇跡、子供の頃の自分に言ってもきっと信じてくれないでしょう。

人生はなかなか思うようにならないものですが、思いがけないことがやってきて、思ってもみなかったことも起こる。だから人生は面白い。

しかし、それはそれとして、紆余曲折でありました。

当初は短編の予定で。それが、サカノさんや花とゆめの担当さんと話しているうちにお話がどんどん広がり、気づけば百七十ページを超え……（担当さんに書き上げた分の原稿を送信するたび「あと二十ページくらいで終わる予定です」と何度書いたことか）。

これ、どうなるんだろう……と青ざめましたが、そこはさすがのサカノ景子と花とゆめの編集。華麗なアレンジで見事にまとめてくださいました。

見ていただきたい場面が目白押しですし、小説と漫画で二度楽しんでいただけると思いますので、ぜひ文庫とコミックス併せてお持ちください。

新潮文庫ｎｅｘさんで出していただけることになったのもひとえにご縁です。

ずっと声をかけてくださっていた編集のＳ木さんと別の企画でお会いした際に、実はいまこんな原稿があって……とお話ししたことがきっかけです。

「守り刀の一文字」では、話が広がりすぎないように、麟之助《りんのすけ》にかかわってきた家族や奉公人たちのことはできるだけはぶいてお話を進めました。

望月の晩の決着。漫画はそこで一区切りつきましたが、彼らの世界では物語がずっとつづいていきます。

あのあと彼らはどうなったのか。せっかく原作小説を文庫で出すのだからとＳ木さんと相談して、短めの後日談を書き下ろすことにしました。

村人たちの変化、牧原《まきはら》家の人々が麟之助をどう思っているのか。そして麟之助とうたの今後。少しはお伝えできたかと思います。

それにしても。

小説家である自分が、まさか「花とゆめ」とご縁を持てる日が来るなんて。

憧《あこが》れの雑誌と関わる機会を与えてくださった花とゆめ編集部ならびに担当のＯ様、Ｄ

様。この場を借りてお礼を申し上げます。

サカノ景子さん。ありがとうございます。うたと鱗之助をサカノさんに描いていただけて、こんなに幸せなことはないと思いました。

そして、背中を押してくれたK社のH女史にも、心からの感謝を。

nexさんでは犬猫アンソロジー『もふもふ―犬猫まみれの短編集―』に犬の短編を収録していただいています。

次は一冊まるまる自分の書いたお話の本をと思いつづけて、ようやくそれがかないました。S木さん、待ちつづけてくださって本当にありがとうございます。今後もどうぞよろしくお願いいたします。

読者の皆様、ここまで読んでくださってありがとうございます。よければ感想をお聞かせください。

うたと鱗之助の物語はここでひとまず閉幕といたします。

新たな物語や、あの物語のつづきで、またお会いできますように。

守り刀のうた

―守り刀の一文字―

まんが●サカノ景子

コミックスの一部（p38～42）を特別収録

うた
と申《もう》します
牧原伯爵様《まきはらはくしゃくさま》から
言《い》いつかって
参《まい》りました
……親父殿《おやじどの》の
差《さ》し金《がね》か

私《わたし》ひとりで大丈夫《だいじょうぶ》だと言《い》ったのにな
何《なん》とでもなると…
いやなってないだろ
ジロッ
お前《まえ》『聴《き》こえる』のか

あまり ありがたく ないことに そういう 血筋《ちすじ》でね
……あの 他《ほか》の使用人《しようにん》の 方々《かたがた》は…？
暇《ひま》を やった
え!? どうして…
知《し》って どうする
どうせ ここに来《く》る 途中《とちゅう》で 私《わたし》の噂話《うわさばなし》くらい 耳《みみ》にしただろう？
牧《まき》原《はら》様《さま》のご子息《しそく》は 禍《わざわい》を呼《よ》ぶんだよ…！
………

親父殿《おやじどの》にはあとで言《い》っておく
きみもここを出《で》て郷《さと》に帰《かえ》れ
いえっ うたは…
話《はなし》は終《お》わりだ
ガタッ
…っ
ふらっ
!
危《あぶ》ないっ

ドサ…

HANATOYUME COMICS
花とゆめ
守り刀のうた
ー守り刀の一文字ー
まんが：サカノ景子
原作：結城光流

迫り来る妖《あやかし》に立ち向かう

二人の運命は――

うたと麟之助《りんのすけ》が織りなす
主従ダークファンタジー！

【参考文献】

『図説　日本服飾史事典』／梅谷知世著、大久保尚子著、能澤慧子著、山岸裕美子著、増田美子編／東京堂出版
『植物と行事　その由来を推理する』／湯浅浩史著／朝日新聞社
『神秘の道具　日本編』／戸部民夫著／新紀元社